# 夕照余韵

赵裕祥 著

北 京
冶金工业出版社
2019

**图书在版编目(CIP)数据**

夕照余韵/赵裕祥著. —北京：冶金工业出版社，2019.3

ISBN 978-7-5024-7847-6

Ⅰ.①夕… Ⅱ.①赵… Ⅲ.①诗词—作品集—中国—当代 Ⅳ.①I227

中国版本图书馆 CIP 数据核字(2019)第 038593 号

出 版 人 谭学余
地　　址 北京市东城区嵩祝院北巷 39 号 邮编 100009 电话 (010)64027926
网　　址 www.cnmip.com.cn 电子信箱 yjcbs@cnmip.com.cn
责任编辑 姜晓辉 美术编辑 吕欣童 版式设计 孙跃红
责任校对 王永欣 责任印制 李玉山
ISBN 978-7-5024-7847-6
冶金工业出版社出版发行；各地新华书店经销；北京虎彩文化传播有限公司印刷
2019 年 3 月第 1 版，2019 年 3 月第 1 次印刷
169mm×239mm；17.5 印张；168 千字；264 页
**56.00 元**

**冶金工业出版社 投稿电话 (010)64027932 投稿信箱 tougao@cnmip.com.cn**
**冶金工业出版社营销中心 电话 (010)64044283 传真 (010)64027893**
**冶金工业出版社天猫旗舰店 yjgycbs.tmall.com**

# 序

《夕照余韵》是赵裕祥同志十几年的诗词习作。其中律诗占51%（以七律、七绝居多）；词占32%（以小令、中调居多）；自由体诗占11%；其他如古体诗、楹联等占6%。犹如十年磨一剑，心到、功到青光夕照，金声枭枭，习作格律中透现出一些自身的特点：一是写作题材广泛。歌颂伟业，生态、环保，扬优、弃劣，咏物、记事，怀古、厚今。二是诗词立意真纯深切。其赋词俱与事相连，客观真实，质朴无华；其寓意多深沉，或托物寄意，或借物抒情，或说古论今，情深意切。三是文学手法多样。有的含蓄，有的夸张，既对比，又设问，还有反复、叠字、议论等，笔调沉稳、细致，耐人寻味。四是诗词格律有序。在律诗里避免了“八病”，注意了“八忌”，运用了拗救；在词里，凡可用对仗处，多设计了“扇面对”或“流水对”，起到强化韵律和语气的作用。此外，自由体诗选题独到，凡而不简，韵律铿锵，是适合朗诵的好诗材。

真是文如其人。《夕照余韵》不仅文风淳朴，而且结构缜谨，刚柔相济，秾纤得度，言情言志，弘扬主旋律，传递正能量，盛赞“真、善、美”，批判“假、丑、恶”。尤其是那些时政诗，无论律诗还是自由体诗，都是有感而发，感情真实，言辞犀利，爱憎分明，是非清晰。诗词中不仅有热情洋溢的讴歌，而且有深邃至理的思考，鲜明辩证的阐发。字里行间，蕴涵作者敦厚、坚韧、谦和好学的品格。他把学习中国化的马克思主义和学习写作格律诗词结合起来，达到了既提高政治思想觉悟和观察能力，又陶冶情操、启迪精神、感悟心灵的良好效果。

《夕照余韵》的出版，可以说明：我们这些原为古典格律诗词的“门外汉”，并非“半路出家难成佛”。只要经常学一点韵律知识和写一点带有韵律的文字，就可以培养我们欣赏和写作格律诗词的能力，可以学会一种修身养性的方式，有益于身心健康和延年益寿。

余音夕照正当时，雅兴歌吟益壮诗。
大地风华收眼底，高峰列阵显雄姿。
阳春可语书香札，耄老赠言曲赋辞。
应信秋光情更切，桂菊叹后咏梅枝。

期待作者有更多立意“高新”、结构合理、布局巧妙和语言诗化的作品供大家赏析。

樊源兴

2017 年 7 月 18 日于北京科技大学

# 作者的话

退休几年后，蓦然对诗词产生了兴趣，于是边自学边练习创作，时而还有散文诗和三言两语小作。在北京奥运会前后逐步形成了习惯，至今已创作诗词400余篇、散文诗和三言两语小作数十篇。尽管只是“西边太阳落，东边月亮升，冬天冰雪夏天雨，豆腐白菜萝卜葱”的水平，诗词意境浅薄，散文文眼不惊，但却愈来愈上瘾，成为我生活中的重要组成部分。

我的创作没有什么统一规划和限制，基本上是遇到什么写什么，想写什么写什么。内容既包括对社情民意、风花雪月的感叹，也不乏对修身养性、时政要闻的领悟，时而还有对文化娱乐的析评。其中有抒怀、有梦想，有欢乐、有愤怒，有激励、有沮丧……总之，是我退休后生活的真实写照。

回忆我的学习和创作过程深切感受到，这是我思想上推陈出新、与时俱进的助推器，是我生活中激励思考、避脑生锈的好方法，是我修身养性中陶冶情操、升华气质的好途径。

现按我创作的时间顺序，分诗词篇、散文诗和三言两语小作篇两部分摘编成册，不为别的，只为证明我在退休之后脑袋没有闲着；正因为脑袋没有闲着，加之适当的身体锻炼，所以在我已经进入耄耋之年，依然精力尚感充沛，步履犹若轻风，没有辜负当今盛世对我的抚育与关怀。借此机会奉劝侪辈好友，不妨仿我所思，步我所行，让自己的晚年生活更加美满幸福。

当然，如有读者愿把我的丑作，犹同茶余饭后嗑瓜子儿一样随意来几口，有的内容也许会对开拓思路或培养情操有所启迪。若能达此目的，就是我的意外收获了。

在我学习和创作过程中，得到了樊源兴老师的认真指导和热情帮助，值此深表谢意。

赵裕祥

2017 年 7 月于北京

# 目　　录

## 诗　词　篇

## 散文诗和三言两语小作篇

# 诗词篇

SHICI PIAN

七绝

## 退休感慨

2002年6月

退休暮晓光阴贵，余热充盈力不微。
盛世夕阳尤灿烂，催君奋进再增辉。

满江红

## 沐浴春风

2005年7月15日

沐浴春风，秧苗喜迎新机遇。再浇灌，施肥耕作，灌浆充裕。郁郁葱葱结硕果，颗颗粒粒将军肚。酿琼浆玉液庆丰收，开心祝！

今华夏，山河舞；新面目，根基固。任凭风浪打、祸灾交互。擎起青天当砥柱，顶天立地遮风雨。引众伸巨擘伴讴歌，皆倾慕！

（参加保持共产党员先进性教育活动有感）

七律

## 女排折翼

2005年7月18日

七届金杯非易主，轻估大奖[1]再争先。
突遭古意[2]双失手，名落孙山入座三。
胜负兵家除暴躁，输赢智者勿思偏。
一心再把功夫练，立马横刀夺冠年。

满江红

## 骚　　扰

2005年8月15日

长夜悠悠，一个臭虫来捣乱。搅美梦，屡番骚扰，各方流窜。秉性贪图膏血饮，恶习迷恋饕食宴。岂不知，命已近呜呼，难逃逭。

贪噬鬼，流窜犯；攫权势，祈天变。被窝儿撑不起，妄冲霄汉。诡计多端常冒险，机关算尽频生乱。到头来，必枉费心机，空悲叹！

---

[1] 大奖，指2005年世界女排大奖赛。
[2] 古、意，指古巴和意大利。

七律

## “神舟六号”航天成功

2005 年 10 月 17 日

“神舟六号”遨苍天，哥俩❶从容漫步欢。
犹若天公施内助，恰如仙侣降人寰。
苍穹万象收眼底，艳丽神州升紫烟。
四海知朋伸巨擘，江山溢美谱新篇。

七绝

## 忆风波

2006 年 6 月 4 日

霾压京都魔乱舞，风波及处众蝎蹿。
惊天动地一霹雳，云雾拨开朗朗天。

❶ 哥俩，指航天员费俊龙和聂海胜两位同志。

七律

## 赞 铁 流

——纪念红军长征胜利70周年

2006年10月

九牧精英汇铁流，红旗漫卷跨神州。
推翻旧制安天下，创建新国壮志遒。
斗志昂扬兴大业，国强民富践鸿猷。
顶天立地英雄汉，确保江山万古流。

满江红

## 斥 台 独

2007年元旦

一叶扁舟泊海面，独夫造反。当叛逆、离宗分祖，铤而走险。结党营私充大汉，称孤道寡嬉猴演。梦痴迷、易帜又更帆，龟孙赞。

闹分裂，羞祖脸；失民意，遭民反。露痈疽反骨、不如家犬。愤起人民捉叛逆，死临时日没多远。到如今，虽寝馈非安，无收敛！

（思虑台岛局势有感而作）

五律

## 致恩师

丁亥年春

桃李满天下，功德盖寰宇。
弟子见物理，国家视掌珠。

卜算子

## 学习十七大报告有感

2007年10月

盛会聚精英，汇智鸿猷定。举世人民尽仰睎，华域繁花盛。

旗劲舞东风，国盛民欢庆。禹域增辉惠五洲，寰宇高歌颂。

七律

## 咏中共十七大

2007 年 11 月

精英盛会心扉展，诸葛先师愧比肩。
赤胆忠心躬百姓，深谋远虑为江山。
复兴大业金光显，卓著功勋日月涵。
意气风发多创意，方今盛世谱新篇。

七律

## “3 · 14” 拉萨风暴有感

2008 年 3 月 18 日

离祖分宗罪难赦，栖身野冢聚阴魂。
推襟送抱情丝缱，携手同心子弟亲❶。
摒弃前嫌期冀远，和衷共济意缘深。
孰知叛逆失人性，砸打烧杀损脉根。

❶ 尽管达赖喇嘛集团罪恶深重，党和国家还是尽量做工作，希望他们迷途知返，回来和全国人民一道共建美好家园。

采桑子

## 咏　春

2008年3月18日

春风和煦催春到，企盼阳春。超越阳春，满院春光愈益新。

丁兹盛世听诗咏，万象更新。不断更新，特色江山万代春。

七绝

## 海棠花会赞

2008年春

春风拂面水波花，万物争苏尽竞发。
海棠花仙催艳蕾，痴心醉客忘归家。

五律

## 迎 奥 运

2008年8月

圣火烈煽情，福娃悦耳声。
北京迎贵客，奥运汇精英。
霸气冲天啸，冠军瞠目盯。
雄风盈赛场，谁敢我敌兵！

五律

## 看 奥 运

2008年8月

金秋艳丽天，奥运正期间。
赛场厮杀紧，诸家尽情欢[1]。
纷纷超纪录，历历若诗篇。
欲问金牌计，知多不夜天。

---

[1] 诸家尽情欢，指在家看电视。

## 卜算子

# 赞 奥 运

2008 年 8 月

圣火北京燃，气势惊雷贯。喝彩声声震五洲，万众皆称赞。

评奥运之光，抒各家卓见。罗格深思汇绚珠，妙语赅诗苑[1]。

## 七绝

# 虎峪园林山庄

2008 年 9 月 23 日

云舞山腰漫卷飞，潺湲曲径共依偎。
气清景艳饕君醉，恣意飞天亦忘归[2]。

---

❶ 对北京奥运会如何评价，有许多美誉之辞，奥运主席罗格先生均不十分满意。他冥思苦想，最后用“真正的无与伦比”7 个字作了高度概括。

❷ 恣意飞天亦忘归，指在虎峪山上有座飞天庙。

## 七绝

# “神舟七号”颂

2008年9月28日

“神舟七号”金光显，广袤太空遨步欢。
炎黄子孙多翘楚，雄姿一展竞飞天。

## 蝶恋花

# 赞“神舟七号”

2008年10月2日

仰慕太空颇快慰。天马行空，敌望而生畏。犹似春风熏广宇，造福世界全人类。

欢悦国民来聚会。把酒当歌，觞举心伊醉。喜看今朝迎望岁，满腔热血欣欣泪。

## 清平乐

# 庆祝改革开放30周年

2008年10月16日

沧桑巨变，世人皆惊叹。弹指之间三秩载，华域百花竞艳。

声威如日中天，江山社稷多欢；到处莺歌燕舞，诗词频换新篇。

## 减字木兰花

# 中　国　人

2008年10月31日

横空出世，席卷五洲盈骨气。五势三招，华夏功夫响汉霄。

九州鼎沸，华胄心中无所畏。自主新天，再不屈膝跪乞安。

（看电视剧《李小龙传奇》有感）

满江红

## 痛斥黑社会

2008 年 11 月 22 日

讹讯惊悉心击碎，浑身颤荡。诬爱女横遭车祸，命趋失望。亟待医生刀剪项，须交八万支金账。惑乱间，爱女传佳音，明真相！

黑社会，良心丧；多诡计，魔窟宕。螳臂当车白送死，清溪岂容渣翻浪？竖耳听，法网劲恢恢，龟坟葬！

临江仙

## 指　　路

2008 年 12 月 12 日

沐浴春风心豁亮，洗刷陈旧糟糠。武装思想谱新章。看山花烂漫，展盛世风光。

科学发展观指路，“四位一体”更张。江山处处换新装。核心抓且紧，发展健而康。

（参加学习实践科学发展观教育活动有感）

### 浣溪沙

## 贺“两岸三通”初梦圆

2008年12月15日

离祖分宗毁盛昌，陷身囹圄罪该当。醒狮岂允“扁虱”❶诓。

“两岸三通”初梦圆，“一国两制”又增光。江山吐艳溢芳香。

### 七律

## 登天境触目联想

2009年1月3日

朝花夕拾烘天境❷，29棵油松❸傲顶峰。
石壮山威❹彰气势，景观大道势恢弘。
鸟巢座上识天巧，水立方前辨鲁公❺。
四海朋宾竞膜拜，五洲巨匠论英雄。

---

❶ 扁虱，指台独分子陈水扁。

❷ 朝花夕拾烘天境，是指天境和它的左右两景。天境在奥林匹克森林公园最北端最高处，在它东西两侧有借用鲁迅先生“朝花夕拾”诗句命名的“朝花台”和“夕拾台”。

❸ 29棵油松，代表第29届奥运会。

❹ 石壮山威，是指在天境顶峰有一块雄伟壮观的60多吨重的泰山石。

❺ 鲁公，指鲁班。

七律

## 贺 新 春

2009 年 1 月 14 日

挚交雅会贺新春，情意殷殷暖透心。
把酒欢欣歌盛世，琼浆玉液溢芳馨。
心花怒放倾杯饮，曼舞轻歌倍感亲。
明岁新春飞转到，邀约再聚话知音。

七绝

## 岁寒三友颂

2009 年 1 月 18 日

（一）

傲寒艳蕾吐芳菲，雪雨风霜劲显威。
孤胆英雄赢世界，唤出百卉报春归。

（二）

耸立挺拔筋骨硬，风姿秀逸傲乾坤。
独株不向寒冬泣，至爱相依共命亲。

（三）

雪压浑身花怒放，雄威尽显气轩昂。
寒侵冰冻全当浴，敢笑天公破饭囊。

（四）

岁寒三友冬相会，昂首高歌引翠微。
羞涩众花心不忍，学习三友待春晖。

七律

## 盛世迎春

2009年1月25日

践猷宏志贺新春，满目生机万象新。
盖世功勋天下崇，方今盛世九州吟。
弘扬正气冲霄汉，飒爽英姿染士林。
四海朋宾伸巨擘，高歌旖旎唱乾坤。

## 七律

# 奥林匹克恢弘建筑赞

2009 年 1 月 30 日

赞别盘古[1]游天境[2]，独赏云霓水立方。
雄伟鸟巢推冠首，恢弘盛会益昭彰。
巍巍奥体风光俏，路路精英气势强。
四海游人新馆涌，争先恐后竞观光。

## 七律

# 赞特工英雄阎又文同志

2009 年 2 月 5 日

屈职敌穴[3]把命拼，功勋卓著匮知音。
终身奋斗无惭色，生世含冤有苦吟。
子女饱尝连累苦[4]，阖家忍辱断离亲。
心红面陋忠于党，明故家人仍慰欣。

---

[1] 盘古，指在奥林匹克公园西南角的辅助建筑物盘古大厦。

[2] 天境，在奥林匹克森林公园最北端最高处。

[3] 屈职敌穴，指 20 世纪 40 年代末期阎又文同志任国民党将领傅作义的秘书。

[4] 子女饱尝连累苦，指阎又文同志的儿女们均因他的所谓“历史问题不清”，在工作、参军、入党等方面受到严重影响。

七律

## 谱我中华大乐章

2009年2月6日

总理剑桥作演讲，中华儿女显荣光。
声威并茂扬天下，智誉双馨惠四方。
孤寡敌顽施丑技，宾朋义愤谴荒唐。
更彰总理多才艺，谱我中华大乐章。

七绝

## 寄　语

2009年2月16日

征帆航海暗礁多，屡历风灾与漩涡。
常忆春风得意事儿，当今盛世富新歌。

七绝

## 再　　来

2009年2月20日

白雪皑皑故景埋，潺湲峪口复徘徊。
飞天恋景留山庙，游客庄前誓再来。

（虎峪园林山庄山口庙前有感）

卜算子

## 喜迎外孙女出生

2009年3月20日

外孙伴春生，满院花枝俏。喜鹊喳喳燕竞飞，报喜争先到。

祖业兆增辉，荜户金光耀。祝福娇孙永健康，外祖开心笑。

## 七律
# 赞我中华

2009年4月2日

刺破苍天太空秀，一轮红日挂神州。
五洲四海齐欢庆，四面八方赞不休。
雾罩云遮无所惧，光芒四射惠全球。
真金烈火千锤炼，盛世琼浆万古流。

（中华人民共和国成立60周年感慨）

## （一三五同字）
# 迎春赞歌

2009年4月10日

春风春雨春满园，翠柳翠竹翠连天，
花绽花簇花世界，人本人和人气轩。

七律

## 再赞海棠花会

2009年4月15日

迎春海棠竞芳菲，湖面轻风细浪偎。
泉涌涟漪波映秀，花荣鱼跃柳丝垂。
客随春意翩跹舞，影照花容并蒂辉。
日暮灯开花益美，饱尝美景偕君归。

七律

## 忆 恩 师

2009年5月28日

仓促人生多变幻，蹉跎岁月伴侪帆。
从心所欲❶思年少，匮报恩师永不安。
哺育精心期冀远，关心备至越亲缘。
推心诱导双亲泪，鞭我征帆不夜天。

（恩师阎广利，在我上小学四年级时给予精心哺育。我初小毕业

❶ 从心所欲，是借用孔子所说的“七十而从心所欲”，泛指老年人。

时，因家庭贫困而面临辍学。关键之时，阎老师亲自到我家，还请出他父亲共同做我父母的工作。并拿出 6 角 4 分钱（这在当时作为收入极低的农村教师来说是不容易的），给我买了课本，交了学费，并亲自送我上了高小。从此，铸就了我的人生之路。至今念兹在兹，特赋诗一首。）

七绝

## 意 难 雍

2009 年 6 月 20 日

萋萋芳草清香涌，腹匮珠玑意不雍。
景气清馨心自怡，珍诗美画腐心中。

（夏日漫步奥林匹克公园有感）

七绝

## 酷暑偶书

2009 年 6 月 24 日

烈日当空热气蒸，身心疲软硬支撑。
外出擎起遮阴伞，多彩花菇路面生。

### 七绝

## 庭院种菜乐悠悠

2009年6月30日

白菜青椒萝卜葱，霏霏细雨润无声。
葱葱郁郁芳香远，蔬菜丰收乐趣升。

### 西江月

## 老勿辍耕

2009年7月4日

短短韶光岁月，匆匆鬓角霜花。浑身余热带回家，令我安心不下。

老骥嘶风未泯，拙夫志气犹佳。满腔热忱待挥发，绘我夕阳如画。

五绝

# 新 气 势

2009 年 7 月

希望天天有，失多惯落空。
当今新气势，勿谓不精英。

（观看中美男排赛有感）

点绛唇

# 窒息腥风

2009 年 7 月 8 日

砸打烧杀，蛇蝎乱舞鳅翻浪。舞刀施棒。热氏[1]腥风酿。

见证新疆，万众高歌唱。真嘹亮！举区兴旺。迅步天堂上。

（惊悉“7·5”乌鲁木齐市暴乱有感）

[1] 热氏，是指已经逃往国外妄图在新疆搞独立的恐怖组织头子热比娅。

七律

# 鸣盛世

2009年7月8日

葱葱郁郁街边柳，透过新窗色更幽。
鹊舞喳喳竞绿荫，莺啼对对戏枝头。
朝朝暮暮传歌咏，暮暮朝朝亮嗓喉。
勉励青年争上进，高歌盛世富名流。

附：

## 五　古

郁郁街边柳，透窗益清幽。
群鹊恋晨曦，嬉戏烟枝头。
朝朝来报喜，暮暮送温柔。
贺老享清福，励幼争上游。

七律

## 赴黄冈观日全食

2009 年 7 月 22 日

驱车驰骋三千里，暮色苍茫到黄冈。
翌日晨曦催梦醒，准时日食化沧桑。
时分一到天昏暗，食过瞬间地复光。
忆想当年盆碗响，误识天狗闹饥荒。

七古

## 过开封匆览“三景”

2009 年 7 月 24 日

龙亭园艳溢香融，包公祠弘扬清正。
更有清明上河园，彰显中国古文明。
原想开封早破落，未料翠叶藏金莺。
若将“三景”移北京，游客不亚赏故宫。

忆秦娥

## 喜看海峡两岸风云走俏

2009年7月31日

窗开启，风吹尘垢相思洗。相思洗，推襟送抱，举国欢喜。

云消雾散多珍祉，尧天舜日充家底。充家底，泱泱华夏，日飞千里。

七律

## 陈水扁历初秋记

2009年8月18日

暑恋三伏迟不走，寒蝉声泣颤鸣秋。
苍蝇逐臭拼时运，魔鬼兴妖不罢休。
罪恶昭彰一腐朽，歇斯底里乱忽悠。
机关算尽聪明过，儿戏一曲幻梦丢。

七律

## 今秋村野风光

2009年8月19日

金风送爽云霞远，田野飘香百姓欢。
喜庆丰收多傲气，发家致富奋争先。
夜间秋雨珠声串，白昼清风丽日添。
觞祝今秋好年景，村光处处有诗篇。

七律

## 斥部分西方记者“职业道德”

2009年8月25日

光天化日蛇蝎舞，带起风沙掩线天。
逐臭苍蝇吹鬼火，偏赍西记挑事端。
烧杀砸打滔天罪，点火煽风上下蹿。
无事生非安能久？羞污职业道德观。

（在拉萨“3·15”和乌鲁木齐“7·5”两起打砸抢烧杀案件过程中，少数西方记者违背职业道德，无中生有，无事生非，捏造了诸多假情报，欺世惑众，起了极其恶劣的影响。特赋七律一首，以发感慨。）

七绝

## 三英赞

2009年9月28日

三英[1]走俏傲苍昊，扬我国威志气高。
惊起西方吹挽调，霸符神气照天烧。

（纪念“神舟七号”飞天一周年）

七律

## 祖国颂

2009年10月1日

当今华夏趋威茂，如日中天紫气升。
盖世功勋惠天下，乾坤运转展鹏程。
经天纬地千龙现，万里江山百业兴。
政府推出新举措，迈开健步再攀登。

（庆祝中华人民共和国成立60周年有感）

[1] 三英，指航天员翟志刚、刘伯明、景海鹏三位同志。

五律

## 歌唱新中国六十周年

2009年10月1日

沧桑六秩年，百业举国兴。
华夏祥云盖，神州紫气升。
邦家益昌盛，社稷愈升平。
民富国安定，国强气势增。

水调歌头

## 新中国六十周年颂

2009年国庆节

战火硝烟建，建后勇登攀。雄鹰展翅飞舞，敢为众英先。喜看天翻地覆，笑咏沧桑巨变，富彩映诗篇。国盛新风展，和谐共昌安。

计圆梦，光阴迫，奋征帆。乘风破浪，华夏儿女傲苍天。不怕风吹浪打，何惧暗礁磕绊，含笑舞翩跹。旗帜高高举，念念顶峰攀。

七律

## 情 难 断

2009 年 10 月 17 日

同继宗祧血脉亲，柿兄叶妹[1]感情深。
风霜索命催得紧，兄妹别离忍痛分。
叶妹脱枝身坠落，柿兄倒挂泪泣荫。
朝夕相处情难断，试问阎王咋狠心？

桂殿秋

## 阴 霾 天

2009 年 11 月 9 日

昏眩眩，闷乎乎，心中烦恼欲随出。倚窗翘首期天净，神定心安好读书。

[1] 柿兄叶妹，是把柿子树上的果和叶比作兄妹。

## 沁园春

# 应战暴雪

2009年11月10日

暴雪无声，来势汹汹，短暂始终。看疯威所至，交通阻断；民房裂倒，树木凋荣。幸我中央，集中力量，誓与天公作抗争。心坚毅，敢翻天覆地，今试天公！

应天初略交锋。讵料想、天公也平庸。固骄狂显赫，一击即溃；漫卷无影，暗自销声。来去匆匆，天公自醒，时令深秋不是冬。休毛躁，待分清时令，再动天工。

## 生查子

# 读 历 史

2009年12月18日

天天读史书，念念该书读。
读史咋痴迷？领悟书中语。
天天读史书，博古通今属。
彰往取真知，察来真知取。

附：

## 七　　古

问君何须读历史？只因书中尽学问。
纵横史记无限宝，去伪存真化知音。
英雄历历史车载，彰往察来铸英才。
乾坤运转多明鉴，认真汲取莫徘徊。

### 长相思

## 庆祝澳门回归十周年

2009年12月20日

雾漫天，泪漫天，骨肉分居血脉连。谁来了痼冤？

创新篇，践新篇，创举“一国两制”幡。统一港澳先。

七律

## 岁暮吟

2009年12月27日

情意悠然岁暮吟，和谐社会聚民心。
高歌猛进冲天啸，独领风骚举世尊。
民族复兴多壮举，国家昌盛傲乾坤。
高瞻远瞩鸿猷展，富丽江山万代春。

桂殿秋

## 瑞雪迎虎年

2010年1月3日

庚寅到，虎伸腰，神州万里雪花飘。丰收预兆冲天喜，群众生活步步高。

**附：**

### 五古

## 瑞　　雪

2010年1月4日

晨窗异样白，床上疑窦生。
披衣倚窗释，瑞雪落无声。
吆孙迅着衣，出门赏雪景。
乐园人济济，群情刚沸腾。
儿孙堆雪人，爷爷点眼睛。
幼孙劲撒欢儿，奶奶勖叮咛。
骤然飞弹起，冲锋号角声。
老幼齐上阵，酣战赛春风。
各界人都有，工农商学兵。
和谐共华夏，幸福欢乐中。

### 七律

## 雀 食 匮

2010年1月4日

厚雪深冬铺满地，断炊麻雀饿哀枝。
怜惜小鸟辛酸涌，解救生机意苦思。
急捧厨房坛里米，暂息雀儿腹中饥。
孰知群雀飞先抢，引逗拙翁亦赋诗。

七律

# 檐挂冰锥

2010年1月5日

惺忪睡眼晨窗扫，一列冰锥挂檐梢。
房舍更姿若溶洞，外孙赏景运邪招。
左观右看工心计，绰起竹竿作磬敲。
邻里闻声近窗看，几家欢乐赛春宵。

七律

# 新　风

2010年1月10日

从心所欲公交转，翁妪出游兴致高。
盛世风行车让座，和谐礼遇路闻韶。
三春雨露添兰芷，九牧城乡崇舜尧。
蹴步文明非小事，当夸青少领风骚。

七绝

## 话 达 赖

2010 年 1 月 20 日

凄风苦雨居荒冢，沆瀣增温度严冬。
夜过坟山吹口哨，推襟送抱只当空。

（一三同字）

## 致达赖喇嘛

2010 年 1 月 21 日

同族同宗亲兄弟，情真情切你不惜。
叛国叛逃依刘客，屈尊屈节作叛逆。
没完没了瞎折腾，自作自受野冢栖。
糊里糊涂犹可训，屡教屡犯实难依。
好心好意奉劝你，于法于理请仔细。
速悟速返尚可救，若即若离机又失。

乌夜啼

## 心系民生

2010年春节

寒冬腊月冰封，冷清清。上路手缩衣袖，步匆匆。有首长，正家访，暖烘烘。践行民生之务，乐融融。

七律

## 虎啸迎春

2010年春节

虎啸风生辞旧岁，春风得意咏寅年。
全民智慧喷泉涌，大计鸿猷不等闲。
盛世民族兴大业，含英百卉富黎元。
神州大地春长久，美满生活万万年。

六古

## 过　　年

2010年春节

鞭炮电闪雷鸣，烟火花影缤纷。
社区锣鼓喧天，九州歌舞升平。
领导亲临家访，黎民鹊起风生。
共商复兴大业，奔向美好前景。

七律

## 双翁对弈

2010年2月4日

和风丽日质优天，对弈双翁恋战酣。
口水连珠开序幕，“臭棋篓子”挂舌尖。
围观助阵多偏向，弄眼挤眉起哄喧。
霞映西山齐叫板，拼杀夺定再一天。

### 七律

## 独领风骚

2010 年 2 月 23 日

流星赶月温哥华，冬运炎黄四枝花[1]。
强势英姿惊世界，芳名盛誉进人家。
精英荟萃无敌手，独领风骚永不垮。
数创冬滑新纪录，拦包短道震天涯。

（赞我国冬奥会短道速滑四枝花）

### 七律

## 花与叶的依归

2010 年 3 月 12 日

海棠花开彩满枝，红花绿叶共相依。
红花爱俏争姿艳，绿叶甘当陪嫁衣。
争艳红花多短寿，嫁衣绿叶富生机。
叶花命运相差大，内有根由若可知。

（赏盆花有感）

---

[1] 四枝花，指短道速滑 500 米和 1000 米双项冠军王濛、1500 米冠军周洋和 3000 米接力冠军的另两位成员张会、孙琳琳。

七绝

## 惟雅周岁倚花留影

2010年3月20日

冬始含英待孟春，外孙周岁溢芳馨。
青枝绿叶花幽美，惟雅倚花影似昕。

七绝

## 沙 尘 暴

2010年3月22日

周天昏暗暴风刮，遍地黄埃掩物华。
笃信九州多智慧，山河绿化泯风沙。

七绝

## 耕 播 忙

2010年3月28日

春风送暖冷风休，百卉蹿青尚害羞。
适时耕播当要务，甘滴汗水育金秋。

七绝

## 花 自 吟

2010年5月29日

左邻瓜菜青又翠，右舍草坪恰绿茵。
敝院孤芳亲自赏，花仙争艳戏乾坤。

七绝

## 游　　园

2010年六一儿童节

心花怒放百花园，万紫千红靓九天。
更喜香山辉映俏，高歌特色谱新篇。

七绝

## 触景生情

2010年6月15日

一路芳馨赴雁栖，清新艳丽两相依。
往昔览胜多官贵，现在闲情让布衣。

### 清平乐

## 休闲雁栖湖

2010年6月16日

雁栖湖畔，游客高歌赞。空气清凉花竞艳，更喜农家新院。

碧空绿水青山，花香鸟语飞天。往日专接贵客，而今百姓优先。

### 浣溪沙

## 雁栖湖印记

2010年6月16日

一路高歌赴雁栖，青山绿水爽兮兮。清新环境好生息。

鸟语花香生趣意，依山垂钓聚民熙。农家小院崭生机。

**附：**

## 七古：无题

2010年6月17日

夏日休闲赴雁栖，艳溢香融绽生机。

空气宜人景别致，鸟语花香总相宜。
悬崖峭壁石峰险，溪水涓流瀑布倚。
山川秀丽迷人醉，瓜果飘香垂涎滴。
九曲听琴叶心韵，靠山垂钓享安逸。
步行官地神堂峪，食宿农家小院邸。
往昔休闲多权贵，而今宾客是布衣。
由衷赞誉新举措，民众尊严享春熙。

### 七绝

## 霏霏细雨赞

2010年7月1日

春雨霏霏细有踪，默输甘露育葱茏。
田园得益禾苗壮，又是丰收意料中。

### 七律

## 烈日交警值勤录

2010年7月5日

烈日当空似火烧，空中不见朵云飘。
树梢蝉噪风枝静，“热岛”如熏草木焦。
交警街心涔汗水，警服湿透蒸戎腰。
路边游客心酸涌，送上冰糕慰俊豪。

七绝

## 幸福晚年赋

2010年7月24日

野鹤闲云信步游，青山绿水任风流。
喜逢盛世精神爽，享尽清福竟自由。

七绝

## 四进虎峪园林山庄

2010年8月10日

虎峪山庄绿树荫，清新空气意诗吟。
青山绿水推襟抱，融景幽思系乾坤。

满江红

## 妖　　烟

2010年8月15日

血雨腥风，留下了颇多尸骨。东瀛处、逢“八·一五”，特殊参祖。静谧东京邪气冒，靖国神社浓烟吐。战犯魂、又起舞张扬，年反复。

战争犯，心未腐；儿孙拜，轩升祖。祖伤天害理、惨杀无辜。罪恶多端书不尽，千刀之罪难饶恕。试问君：今拜鬼之魂，心安否？

（致参拜靖国神社之日本政府要员）

### 西江月

## 决战地震泥石流

2010年8月15日

几顶群山峡谷，汶川玉树舟曲。九州大地共悲哭，试问天公何苦？

莫信天公神祖，不分远近亲疏。集中国力谱新曲，何惧震灾地覆！

### 如梦令

## 挚友相会

2010年8月21日

挚友聚言无讳，此作为迷人醉。今又有何为？约定沙龙相会。相会，相会，谁是此中拔萃？

踏莎行

## 蜕声喻世

2010 年 9 月 1 日

云雾飘忽，秋风掠面，蜕声渐弱哀戚叹。屈身地下近十年，阳光时日嘶鸣唤。

岁月流逝，光阴似箭，坎坷一世忧心患。蜕愚瞬寿尚惜阴，人生岂可昏庸玷！

蝶恋花

## 应邀赴上海观世博

2010 年 9 月 12～18 日

世博会风光劲好。暮想朝思、由宝钢知晓。展品颇多时费少，应邀览胜惜分秒。

展馆增辉多至宝。技压群芳，何虑天公恼。走马观花精品扫。如此机会实难找。

## 七律

# 秋游赤峰

2010年9月21~24日

轻车疾驶远京城，时令中秋到赤峰。
寒意突来透衣著，金秋未尽入初冬。
赤峰十景❶多辉映，大漠青山两相拥。
清气蓝天悉助兴，奇观绝景刻心中。

## 七律

# “嫦娥二号”奔月探姑

2010年10月

秋高气爽清风飒，二妹飞天到姑家❷。
相见推襟拥抱紧，推心置腹把家夸。
姑夸月色风光好，侄赞娘家美若花。
姑劝侄留心意切，侄难姑意梦京华。

（热烈祝贺我国嫦娥二号卫星全面圆满完成任务）

---

❶ 赤峰十景，指达理观鸟、云杉神树、皇岗林海、洪山碧池、贡戈尔草原、勃隆克大漠、布日墩沙湖、大青山冰臼、热水塘温泉、阿斯哈图冰石林等。

❷ 二妹飞天到姑家。这里把“二号卫星”和月中嫦娥比作姑侄。

七绝

## 秋 游 记

2010年10月8日

清香浓郁桂菊天，抖擞身姿赏景观。
极目江山多胜景，激翁励志谱新篇。

（2010年10月中旬，作者全家人到河北、山西、陕西三省的旅游胜地一游，深受祖国大好河山和悠久历史文化的感染，浮想联翩，特赋此七绝一首，聊表心意。）

七律

## 风暴鉴威严

2010年10月28日

孟冬百卉似均湮，更显青松气若磐。
面对寒侵昂翠首，挺胸膛目傲苍天。
独家风暴同盟染，寰宇惊愕美利坚。
华夏子孙充砥柱，西方霸主正发蔫。

七律

## 祭潘汉年同志

2010年10月31日

侪辈皆知潘汉年，岂知汉年至心酸。
出生入死昭天下，屈打含冤泯世间。
敌阵拼争彰睿智，功勋卓著载青天。
孰知时令法无效，只怪潘君命运偏。

（近读彭树华著《潘汉年案审判前后》一书，身心震颤，浮想联翩，深深体会到实行民主政治、依法治国是何等重要。特赋七律一首。）

七绝

## 斥“作秀论”

2010年12月1日

处心积虑是非生，勤政偏诬作秀功。
君若终身均作秀，何忧民众不尊拥！

七绝

## 青 松 赞

2010年12月18日

寒冬腊月凛风欢，更显青松底气坚。
昂首苍天争艳俏，敢教日月换新天。

七律

## 建党九十周年颂歌

2011年1月1日

炎黄子孙心灵启，目标锁定抢晨曦。
狂飙激起千层浪，伟业讴出万卷诗。
地覆天翻摧旧制，沧桑巨变育生机。
新推国策五洲赞，彰显风威四海睎。

踏莎行

## 再颂建党九十周年

2011年1月8日

五洋捉鳖，九天揽月，披荆斩棘飞身越。顶天立地绽英姿，声威并茂倾山岳。

伟业中天，功勋卓越，国强民富周天乐。神州驰骛傲苍天，雄狮起舞腾空跃。

## 鏖战两霸

### （一）减字木兰花

2011年2月16日

硝烟没散，妄扼新生撒手锏。霸气熏天，恫吓弱婴使重鞭。

精英荟萃，“两弹一星”歌秀慧。历尽艰辛，鸿雁争飞报喜音。

## （二）水调歌头

2011年2月18日

楚楚新国立，霸主眼中钉。美苏两霸相斗，拿我做牺牲。尽管千疮百孔，无碍中央施政，倡自力更生。坚定兴国志，灭霸主威风。

不惊恐，非怠慢，汇精英。发挥特色优势，乃旭日东升。粉碎美苏封锁，破释殊灾压顶，“褴褛”❶也威风。千载睡狮醒，禹域劲春风。

（看电视剧《五星红旗迎风飘扬》有感）

## 五律

## “两会”颂

2011年3月15日

百川归大海，花月正春风。
“两会”精英聚，新编奋进经。
尊科学发展，重改善民生。
壮大民族脊，弘扬引路风。

---

❶ 褴褛，指20世纪五六十年代冷战时期，美国和苏联说中国如果要搞原子弹的话，就会连裤子也穿不上。

五律

## 再颂“两会”

2011年3月18日

春风进北京，会堂聚精英。
谋略今夺定，声威愈益增。
江山分外俏，号角劲冲锋。
宏伟兴国策，民生至要宗。

七律

## 忆 母 校

2011年3月26日

花香鸟语青山缀，穿院清泉碧水流。
校舍随山层有序，红房辉映绿枝头。
恩师善教丰知授，桃李兴国壮志遒。
今念恩师梦常见，搀师奋进共白头。

（作者母校指山东省昌乐中学（现昌乐一中））

七律

## 隔日不知新北京

2011 年 4 月 5 日

春暖花开满北京，百花林海聚金莺。
连年富有宜人景，隔日不知新北京。
改革创新增活力，莺歌燕舞赞升平。
欢呼民众得实惠，春笋勃发煊势升。

（作者 1961 年迁京，50 年来特别是改革开放以来，目睹京城面貌之巨变，浮想联翩。特赋）

七律

## 记支部改选研讨班

2011 年 4 月 15 日

冬去春来花竞艳，波光倒映绘青山。
群英荟萃抒卓见，基础夯实筑巩磐。
湖畔宫霄商务馆[1]，冶金休干研讨班。
议商改选多筹运，锁定核心导引篇。

---

[1] 宫霄商务馆，在雁栖湖办研讨班的地点。

长相思

## 企盼祖国统一大业

2011年4月24日

雾漫天，恨漫天，华夏分离累苦年。何方能止冤？
喜心间，乐心间，港澳“一国两制”先。倾心注台湾。

七律

## 锄禾随感

2011年4月26日

野草一生孰爱惜？田间石缝竞生机。
娇生惯养禾苗地，费力耕耘虫草欺。
野草长疯难阻挡，禾苗柔弱易悲戚。
佩服野草拼争志，难颂禾苗软弱姿。

### 长相思

## 莫要愧对光阴

2011 年 4 月 26 日

意殷殷，念殷殷，一寸光阴一寸金。牵拉万众心。

你说珍，他说珍，比照孙、苏❶万众喑。衣衫大汗淋。

### 七律

## 珍惜光阴

2011 年 4 月 28 日

年复一年忽闪过，天长日久似平常。

寒冬思念春光暖，酷暑迷恋素节凉。

古训光阴比油贵，今习至理细思量。

弥坚毅力孙、苏❷媲，不作卢生梦稷粱❸。

---

❶❷ 孙、苏，分别指汉朝孙敬发悬梁的故事和战国苏秦锥刺股的故事。

❸ 卢生梦黄粱，指“黄粱美梦”中卢生的故事。

西江月

## 因需而立

2011年4月30日

下虎锅鸡上味，迎宾客暖怡兮。开张数日绽生机，墙角旮旯儿全席。

顾客草根儿主体，风姿达贵伊睎。因需而立好生息，民众尊拥传议。

（赞山东省菏泽市下虎山地锅鸡）

浣溪沙

## “五一”节三景游

2011年5月3日

菏泽牡丹最艳娇，芳菲国色领风骚。返京三日异香飘。

四望湖中潜锦鲤，趵突泉里涌银涛。山东省会储金姣。

七律

## 送外孙去幼儿园

2011年5月23日

祖孙涌泪入园门，同样依恋不舍分。
老朽深知应幼教，娇孙骤哭动怜心。
入托近月孙前跑，外祖紧追背后跟。
笑语儿歌一路景，阖家颐乐尽欢心。

七绝

## 野 草 恨

2011年5月24日

自打出生引众嫌，偶得偏爱令孤单。
深知斩草除根狠，逼我瘠山度暑寒。

### 菩萨蛮

## 心 潮 涌

2011 年 5 月 26 日

东瀛倭寇烽火引，中华大地狼烟滚。义友献终身，雄魂呈至珍。

今瞻英烈馆，向往激情染。思涌赛波涛，心潮逐浪高。

（到白求恩　柯棣华纪念馆参观学习有感）

### 七绝

## 赞 李 娜

2011 年 6 月 4 日

飒爽英姿禹域娃，跃身法网绽金花。
谁说华胄英豪匮？李娜雄姿进万家。

### 七绝

## 思念战友

2011 年 6 月 25 日

突接调令思潮涌，战友由衷话泣声。
站内分别泪飞雨，至亲终古刻心中。

七绝

## 养育龙凤赞

2011年6月27日

孟母迁居三教子，岳飞慈母刺精忠。
普天父母心相印，龙凤知书业复兴。

七绝

## 功垂丹青

2011年6月30日

漫步忧心大寨行，是非功过质疑生。
苍天有意真知展，一片丹心载汗青。

（参观大寨有感）

七律

## “七一”讴歌

2011年7月1日

九十春秋路一段，神州劲旅正扬幡。
雄关漫道多艰险，热血声威洒满天。
立马横刀摧旧制，雄心壮志谱新篇。
一心一意谋发展，崛起中国傲泰巅。

七律

## 又颂建党九十周年

2011年7月1日

特色理论奠根基，锁定目标心不移。
列舰航行掀巨浪，建功立业赋新诗。
沧桑巨变三山泯，民富国强四海睎。
驾驭时局奔世纪，丹书已写九十期。

**附：**

### 对联一副

驾乾坤缚苍龙五洋捉鳖
谋鸿猷促发展九天揽月
如日中天

七绝

## 彰显中国古文明

2011年7月2日

晋地乔王常大院，恢恢屋舍郁葱葱。
参观过后皆惊叹，华夏儿孙显盛荣。

西江月

## 沧 桑 赞

2011年7月18日

古建齐国首市，今尊蓝宝之都。沧桑巨变伟仪出，政府功勋卓著。

俯瞰春风着画，聆听细雨传书。苍生岁月赛珍珠，喜庆当家作主。

（目睹昌乐城关巨变有感）

西江月

## 阳光雨露育金秋

2011年7月25日

雨后阳光充裕，益昭作物蹿升。静听细弱拔节声，彰显生灵茂盛。

作物根深叶茂，棵株蔚起苍青。精心管理细中耕，确保金秋愿景。

七律

## 为个性悲戚

2011年7月28日

流星赶月英姿显，刹那之间坠沼潭。
灿烂勋章金色损，辉煌声誉美名删。
阳光个性风威势，屡克艰辛闯大关。
个性张扬极端化，前功毁弃尝黄连。

七律

## 阿尔山绝色

2011 年 8 月 21 日

塞外风光君不见，奇观异景阿尔山。
清新空气蓝天映，霞蔚云蒸水底喧。
碧草冬铺河岸上❶，水珠溅玉谷峰间❷。
神书浮在驼池面❸，百鸟争鸣马儿欢。

七绝

## 太申祥和山庄

2011 年 8 月 26 日

古色古香“宫殿”亮，繁花满院吐芬芳。
媪翁致趣栖身处，共赞风光浴上庄。

---

❶ 碧草冬铺河岸上，是因哈尔哈河水是从温泉流出的热水，冬天两岸河堤温度也比较高，故杂草丛生。

❷ 水珠溅玉谷峰间，是三潭峡一景。

❸ 神书浮在驼池面，是美丽的神话传说。

七绝

## 赞龙爪槐

2011年8月30日

苑里龙槐翀翠帘，葱葱郁郁盖苍天。
休羞蔽芾雄威掩，翠柏苍松试比肩。

七绝

## 台独的必然下场

2011年9月11日

浪静风平百姓安，数妖起哄妄翻天。
冢中枯骨拥辉扁[1]，留下终虚叹望年。

（中秋节企盼祖国统一有感而作）

[1] 辉、扁，指李登辉、陈水扁。

七律

## 游香山缅怀已故军官

2011 年中秋节

中秋漫步谒香山，灵榇钟居翠柏间。
济济英碑多挽萃，泱泱胜境慰灵坛。
心中军烈罕稀见，脑海英雄滚浪翻。
愿洒骨灰沙场处，扎根民众面苍天。

七律

## 再斥台独

2011 年 9 月 28 日

称孤道寡贼心起，叛祖离宗百姓欺。
出卖灵魂当走狗，丧失人道若白痴。
“台独”异曲难长久，昌盛中华必统一。
禹域江山神圣土，岂容龟仔闹分离。

七律

## 祝“天宫一号”飞上太空

2011年10月1日

时令金秋气象新，“天宫一号”奏佳音。
五洲四海歌经地，华夏精英智过人。
器宇轩昂千嶂掩，雄威崭露万马喑。
飞舟出境刚离港，壮丽诗篇越宇垠。

七律

## 龙口新居赞

2011年10月2日

山东半岛莱州湾，龙口南山近海滩。
安坐新居赏潮涌，欣心游客演撒欢。
回思过去荒芜日，赞叹当今富裕年。
谁不夸说昌盛事，今昔对比两重天。

七律

## 康乐自豪

2011 年 10 月 3 日

倚窗半躺细观潮，书画诗词若九韶。
雅韵咖啡冶心醉，欢欣愉悦尽逍遥。
往昔困厄关东闯，糊口之粥作美肴。
现在吃穿任挑选，身心康健作福豪。

七绝

## 赞龙口海滩一景

2011 年 10 月 4 日

蓝天碧水细沙滩，游客颇多任性欢。
不是当今新盛世，苍生岂会有今天。

## 玉楼春

# 终极说之恐慌

2011年10月4日

五洲四海伸魔爪，伸进他国胡乱搅。
殊英腰硬不屈尊，强势统一颠覆搞。
当今局势知多少？外厉中干渐分晓。
全球孤立益昭彰，终极之说恐慌了。

（在美国参议院对涉及人民币汇率的法案通过之后的感慨）

## 七律

# 野心骚动

2011年10月15日

野心骚动淫威逞，无事生非弄鬼风。
霸道癫狂殃四海，横行无惮闹中东。
欧洲横逆十肢蟹，亚太爬行百足蚣。
结党营私狐友聚，嚣张罔顾触丧钟。

## 西江月

# 内虚难敌风刀霜剑

2011年10月17日

历尽阳光雨露，怯生风雪冰霜。寒冬未至已枯僵，任便风吹尘葬。

长久威风显赫，匆忽病入膏肓。心肝肺腑尽金疮，哀叹“民主天堂”❶。

（忆当年苏联东欧剧变）

## 玉楼春

# 拙劣仿冒

2011年10月28日

东施效颦蜚声远，教义颇深入经典。
殚精竭虑匮嫣姿，摆谱儿成拙增丑显。
“一国两制”金光耀，叛逆写生“三制”❷转。
处身绝境走钢丝，仿冒戳穿彰鬼脸。

（斥藏独“一国三制”论）

---

❶ “民主天堂”，指西方资产阶级鼓吹的“民主自由世界”。

❷ “三制”，指西藏叛逆模仿“一国两制”提出的“一国三制”主张。所谓“一国三制”，就是在中华人民共和国的框架下，西藏要和香港一样，拥有高度自治，拥有自己明确的领土和边界，有边境检查站，能够管理自己人口，中国大陆人进入需要取得旅游或经商许可。

## 西江月

# 为何哑了？

2011 年 11 月 21 日

往日兴风作浪，而今匿迹销声。昭昭在目至分明，何要息戈告罄？

假若心中无鬼，何须缄默吞声？机关算尽要安生，还是“修身养性”❶。

（“占领华尔街”运动席卷全美，然而却出乎意料的听不到西方媒体之声。特此质疑西方记者。）

## 七律

# 民工翘盼开发家乡英才

2011 年 11 月 24 日

凛冽寒风兆霜冻，民工年底抢施工。
栉风沐雨春秋度，缩用节衣及岁终。
莫道薪寒谁会晓，强兵无帅意难雍。
穷乡僻壤何时变？但愿精英早日红。

---

❶ “修身养性”，在此取反意，指西方记者违背职业道德，为了个人生计而屈从于后台老板的意志。

减字木兰花

## 为当今国家男排叹惜

2011 年 12 月 4 日

男排出赛，关键时机缺气派。生死之争，霸气销声赛儒生。

偶操左券，满面春风掐指算。一旦交锋，勇锐全无誓语空。

生查子

## 人生与心灵

2011 年 12 月 12 日

人活世有声，关键心灵美。
如若有偏差，难解心中悔。
人活世有声，切勿良心伪。
不枉这生行，牢记心灵美。

## 忆秦娥

# 今日希拉里

2011 年 12 月 15 日

希拉里[1]，乔装打扮当天使。当天使，是非颠倒，抹杀天理。

心高气傲非他比，淫威所至烽烟起。烽烟起，从中渔利，妄尊天孌。

## 西江月

# 把捉方向

2011 年 12 月 30 日

往日一方霸主，而今百孔千疮。声威显赫落沧桑，病在自身难防。

历史已经注册，今人莫再悲伤。更衣除旧换新装，要在把捉方向。

（看电视片《苏共兴衰的历史轨迹》有感）

---

❶ 希拉里，指美国当时的国务卿希拉里·克林顿。

醉花阴

## 即驻太空

2012年孟春

喜鹊喳喳报春到，满院花枝俏。肺腑沁清香，紫气东来，华誉震苍昊。

飞越太空吹口哨，华胄开心笑。寰宇放高歌，巨擘夸英，骑上飞天骜。

七绝

## 人造冰雪景观恋

2012年春节

韵文半腹一酸客，壬辰飘临哈尔滨。
冰雪风光饕餮醉，耳边不忍返乡音。

### 西江月

## 哈尔滨冰灯节览胜

2012 年春节

虽处冰天雪窖，却非雪虐风饕。流光溢彩匠心高，旖旎风光绝俏。

夜半钟声逐客，通宵游意难消。灯光渐暗景光削，目去三番回扫。

### 玉楼春

## 赞哈尔滨冰雪大世界

2012 年春节

流光溢彩蜚声远，华域哈城冰雪展。
造型特异势巍峨，世纪中华风缱绻。
浓妆艳抹天空染，日月星津羞露脸。
五洲游客竞观光，浩瀚乾坤兹首选。

## 西江月

# 良　莠

2012年2月3日

日益吃喝无虑，话失良莠之分。不时嗝儿响意羞君，任你插科打诨。

夸古并非恋古，诽今确系惜今。今昔对比话知音，还是今朝似锦。

（评析“放下筷子骂娘”）

## 七绝

# 鹰　雀　斗

2012年2月4日

虎视苍鹰欺鷃雀，蜗居鷃雀把娇撒。
轻乜强敌挠腮痒，羞笑苍鹰似老鸹。

七绝

## 赞太空行业英杰

2012年2月7日

诗书盈腹气升华，陆海潘江[1]巨擘夸。
炎黄子孙多翘楚，太空怒放神州花。

（读“七米分辨率全月球影像图”的报道有感）

西江月

## 中东乱世析

2012年2月16日

风雨沧桑未尽，硝烟弥漫非终。当今乱世数中东，试问由谁挑动？

莫道国家失控，休说宗教纷争。多因石油是非生，夺利争权益盛。

---

[1] 陆海翻江。晋朝文学家陆机和潘岳，被人誉称“陆才如海，潘才如江”，简称“陆海潘江”。后人用以泛指学识渊博、才华横溢的人。

五律

## 民生论尊严

2012年2月17日

国事千千万，亲民大于天。
民生无小事，当政论尊严。
以往多朝代，历经千百年。
亦呼兹壮语，有几践兹言？

减字木兰花

## 沮 泪 潸

2012年3月12日

西方“民主”，强势横行霸王谱。气焰熏天，假借自由挑事端。

云遮雾罩，心系豺狼弹雅调。日薄西山，底事“终极”沮泪潸。

## 当今世界民谣

2012年3月16日

遮羞布下夸民主，歇斯底里闹自由。
终极之说吹上天，挂着羊头卖狗肉。
丑恶嘴脸渐显露，民意关天不可侮。
休遮鬼脸卖关子，丧钟响起命运休。

七绝

## 书丹十八大

2012年4月19日

虎峪山庄干训班，十八大后议书丹。
中国特色议题广，朱笔匆匆不夜天。

七绝

## 九华山览胜

2012年4月23日

山腰云海舞翩跹，灵秀奇峰九华山。
醇正佛香飘万里，笃心僧侣诵经篇。

### 生查子

## 七旬方知登山难

2012年4月23日

今登九华山，腿脚如铅灌。
云海舞翩跹，难了心中愿。
今登九华山，老朽失盘算。
没有自知明，妄做冲霄汉。

### 西江月

## 怀古惜今

2012年4月24日

西递宏村遗址，风情景致双馨。胡汪[1]创业铸功勋，千古流芳益甚。

昔日移苗改土，今朝叶茂根深。催君怀古更惜今，励志益加勤奋。

（参观安徽省黄山市黟县西递、宏村有感）

[1] 胡、汪，分别指西递、宏村各自的创业鼻祖。

## 西江月

# 悬念（纳闷儿花石迷窟[1]）

2012年4月25日

今览迷窟纳闷儿，昔凿技艺非凡。尊崇巧匠若天仙，不见神工露面。

为破迷窟谜底，周寻广域人贤。兹谜不破众心悬，期盼英杰早现。

## 七绝

# 鲍家茂苑赞

2012年4月25日

型异鲜殊创意新，鲍家茂苑[2]溢芳馨。
景姿布点频招客，别具匠心羡慕君。

---

❶ 花石迷窟，在安徽省歙县。石窟工艺精湛，但不知何人何时开凿，至今为谜。

❷ 鲍家茂苑，在安徽省歙县棠樾村。是清嘉庆年间著名徽商、盐法道员鲍启运的私家花园。

五绝

## 笑容迎客赞

2012年4月26日

迎送多方客，春风满面生。
问君何所以？宗旨润无声。

（目睹安徽省高速公路收费员热情服务有感）

七绝

## 婺源李坑赞

2012年4月26日

青山环抱绿茵茵，油菜开花漫野金。
狭径通幽鸭戏水，芳馨陶醉众君心。

七绝

## 冒雨到隆中

2012年4月30日

雨打车窗到隆中，瞻英览胜步匆匆。
人才一品躬茅舍，德智双馨建伟功。

菩萨蛮

## 大公无私

2012年5月1日

国家项目全民晓，丹江百姓倾心保。甘水送京城，自家远宗行。

心中装大是，早把私心忌。局部作牺牲，国家收益丰。

（在丹江口水库大坝参观有感）

七绝

## 警告侵略者

2012年5月12日

鹿豕狂狂南海蹿，兴风作浪毁民安。
痴心作梦迷心窍，不顾只身葬宄山。

七绝

## 欢度晚年

2012年5月22日

素有身心康健底，古稀步履若轻风。
津津乐道红霞暮，念念期颐老寿星。

## 踏莎行

# 惊　诧

2012年5月27日

重要街区，星级饭店，横幅屡见颇鲜艳。较真老汉细追究，方知正办垂髫宴。

终日幽思，夜深眠断，心中疑窦难驱散。春苗正在育生机，为何污水来浇灌？

（“五一节”前后路经两省部分地区，惊闻大兴垂髫生辰盛宴，因不解而作。）

## 七律

# 劝阿基诺三思

2012年6月12日

欺鹰鹞雀叫啾啾，贼鼠偷吃把命丢。
螳臂当车身粉碎，阿公玩儿赌命凭阄儿。
国家命运当儿戏，社稷前途作梦游。
混到黔驴穷技日，方休诡计了春秋。

### 七律

## 赞航天潜海新成就

2012年6月30日

"天宫""神九"傲苍穹❶，潜海"蛟龙"创世功❷。
深海太空出异彩，杏园上府宴英雄。
国家旺盛群英荟，科技先行骏马翀。
禹域百花争艳俏，海空绽放益香浓。

### 玉楼春

## 驻守太空赞

2012年7月

雄狮昂首一声吼，华夏精英寰宇走。
天公迎送到天阊，公告太空今共守。
飞天起舞舒长袖，比翼双飞结挚友。
西方政客遍哀号，九牧飞觞隆庆酒。

（祝贺景海鹏、刘旺、刘洋3位航天员驻守"天宫一号"）

---

❶ "天宫""神九"傲苍穹，指"天宫一号"太空实验平台和"神舟九号"载人飞船在太空实现对接，3位航天员在"天宫一号"内工作6天，顺利完成各项任务。

❷ 潜海"蛟龙"创世功，指"蛟龙"号载人潜水器潜海7020米，实现坐底，创当时我国潜海新纪录。

## 鹊桥仙

# 重温历史轨迹

2012年7月19日

尸身未腐，借尸狂舞，肆意兴风作浪。屈尊霸主横叉腰，仗主势，疯张放荡。

外失朋友，内激民咎，狼子野心膨胀。前车有鉴不知惜，蹈覆辙，粉身碾葬。

（致当今日本右翼势力）

## 鹊桥仙

# 蝉

2012年7月21日

风餐露宿，嘤嘤不断，唱彻人间欢悦。一生岁月厚艰辛，庆盛日，歌声大作。

不说前苦，勿忧后患，即使明天堕落。阳光时日尽欢歌，振鸣腹，开心自乐。

自度曲

## 重灾塑英雄

2012年7月25日

暴雨袭击京城，须臾爆发山洪。市域遍灾区，涌现众多英雄。英雄，英雄，华域现今风行。

（颂“7·21”特大暴雨中的救灾英雄）

清平乐

## 奥运雄风

2012年7月31日

令枪一响，傲骨峰值长。路路精英金冠抢，霸气充盈赛场。

难分老将新兵，冠军瞠目直盯。不管亲朋挚友，穷竭奶力拼争。

## 沁园春

# 清白与羞讥

2012年8月8日

奥运之星，冠冕之争，偶见雏鹰。泳激千层浪，群情鼎沸；传媒盖地，赛馆天惊。昂首高歌，欢声雷动，注目中国红旗升。知多少，乃池中汗水，沐浴精英。

西方媒体吃惊。喊破嗓、无端质问声：用违章药剂？基因改变？咋超男性？……言语非恭。谣语羞讥，返羞自己，白唸兴风作浪经。清白者，永远清白者，绩誉双兴。

（中国16岁运动健儿叶诗文在伦敦奥运会上，分别以4分28秒43和2分07秒57的优异成绩，夺得女子400米个人混合泳和女子200米个人混合泳两项冠军，并打破一项世界纪录、一项奥运会纪录，然而却遭到了某些西方媒体的无据质疑和羞讥。特填词一首，聊表心声。）

五律

## 拢心勤书

2012年8月25日

酷暑阑珊去，金秋慢慢归。
浮心掀万绪，云雾乱心扉。
初学淋甘露，习深晓是非。
精心得回报，至理放光辉。

鹊桥仙

## 孟秋海边开心聚

2012年8月31日

七夕匆去，中秋未到，翁妪居家烦躁。海滩日渐静悄悄，补隙聚，开心欢笑。

金风送爽，微波细浪，海味儿飘香浓罩。问君此日用何餐？莫犹豫，垂涎相告。

### 水调歌头

## 培训班空暇纪实

2012 年 8 月 31 日

壬辰孟秋至，北戴河沙滩。妪翁仿幼，无忌无虑尽欢颜。有盛世国是赞，抒远非昔比感，沉醉幸福间。安享天年乐，谁不赞江山。

国家强，百姓富，弥心坚。你追我赶，创改路上奋争先。弘论中国特色，养育民族精粹，励志谱新篇。激越气升昊，万众共登巅。

（2012 年 8 月 27 日至 30 日，冶金离退休干部局在北戴河举办党支部骨干培训班，空暇之时大家三五成群汇聚在一起，畅谈国是家风，成为特殊一景。有感而作。）

### 清平乐

## 自取灭亡

2012 年 9 月 18 日

泥鳅亮相，东海翻波浪。早把阴沟船覆忘，再度疯张放荡。

鱼孙胆大包天，步从鱼祖沉棺。钩网渔民在手，捕捉只在时间。

七律

## 今日农村风光

2012年10月20日

雄鸡展翅翩跹舞，骏马奔腾自奋蹄。
万户发家建新房，千村致富抢先机。
丰收乡里阖家乐，定势三农活力激。
无限风光收眼底，村村户户庆佳期。

鹊桥仙

## 香山宜人

2012年10月21日

秋风萧瑟，香山红叶，陶醉八方游客。漫山遍野红彤彤，众游客，欢呼雀跃。

香山宜人，催君奋进，一派鹏翀景色。你追我赶奋争先，创佳绩，周天同乐。

## 西江月

# 锋刀待出鞘

2012年10月23日

经历腥风血雨，岂忧雪虐风饕。如今倭寇又兴妖，我自乜斜啸傲。

彰势声威并茂，充盈利刃锋刀。倭妖作浪泛波涛，莫怪锋刀出鞘。

（警告日本野田政府）

## 虞美人

# 祭沙尘暴

2012年10月24日

风吹落叶街头景，不见飞沙影。问君何不见飞沙？答道京周绿化益千家。

忆昔岁岁沙尘暴，难抑心惊跳。而今风至杜沙飞，全市交通顺畅业生辉。

### 虞美人

## 赞街道环卫工

2012年10月24日

秋风萧瑟中秋过，树叶纷纷落。环卫工起早贪黑，确保市容为社稷增辉。

方脱热浪云烟滚，又届寒风紧。置身马路度春秋，历尽艰辛为市政分忧。

### 西江月

## 防 腐 败

2012年11月1日

不怕腥风血雨，历经昌难兴衰。世今党政沦悲哀，缘在自身腐败。

苏共兴亡明鉴，腐官权聚成灾。混珠鱼目莫悠哉，反腐方兴未艾。

清平乐

## 养　花

2012年11月3日

北风呼啸，覆被花枝罩。待到春风吹进巷，满院花开竞俏。

老夫素爱鲜花，院中随意栽插。暇日修修剪剪，赏心悦目大家。

西江月

## 创新迎接中共十八大

2012年11月5日

昨日纷飞瑞雪，今朝气朗风清。生生不已遍新兴，彰显欣欣愿景。

人民当家作主，国家如日东升。创新理政注心中，汗洒光辉路径。

## 七律

# 热烈欢迎出席中共十八大代表

2012年11月7日

满面春风聚北京，百花怒放宴精英。
葵花溢美开心笑，硕果丰盈百业兴。
国是纷繁共商定，至尊权利记心中。
千钧重负挑肩上，决策依归为众生。

## 七律

# 高歌中共十八大

2012年11月15日

百花怒放果香浓，美丽中国紫气升。
万众欢呼十八大，目标锁定又一峰。
中流砥柱增实力，全面小康重民生。
党政齐心多壮举，弥坚自信奋冲锋。

## 鹧鸪天

# 丰功伟业染江山

2012 年 11 月 20 日

笔下乾坤智若仙，鸢飞鱼跃马撒欢。
朝阳升起多光彩，星月交辉洒世间。
鞭炮响，鼓锣喧，丰功伟业染江山。
凌云大志福缘地，美丽中华誉满天。

## 西江月

# 特色江山益盛

2012 年 11 月 20 日

成就光辉大业，登攀灿烂新峰。举旗❶立观❷促新兴，特色江山益盛。

全面小康渐近，国家如日东升。攻坚克难奋冲锋，自信更加坚定。

（学习中共十八大精神的体会之一）

❶ 举旗，指高举中国特色社会主义伟大旗帜。
❷ 立观，指确立科学发展观。

七律

## 行动指南为首位

2012年11月22日

行动指南为首位，科学发展数元乾。
创新理论飞光赋，续写初心壮志篇。
打好千秋常胜底，复兴大业永为先。
核心❶要义❷提纲领，方法❸要求❹树大幡。

（学习中共十八大精神的体会之二）

七绝

## 目标锁定攻坚

2012年11月28日

目标锁定金光显，全面小康不日间。
聚力攻坚须智勇，中华儿女傲苍天。

（学习中共十八大精神的体会之三）

---

❶ 核心，指科学发展观的核心立场是以人为本。
❷ 要义，指科学发展观的第一要义是发展。
❸ 方法，指科学发展观的根本方法是统筹兼顾。
❹ 要求，指科学发展观的基本要求是全面协调可持续。

## 玉楼春

# 道路决定命运

2012 年 12 月 15 日

复兴之路多艰涩，旧制昏君无好策。
泱泱禹域匮生机，多少精英呕心血。
而今道路多宽阔，理政创新颇特色。
披坚执锐奋冲锋，伟大复兴方显赫。

（学习中共十八大精神的体会之四）

## 踏莎行

# 论势　务实　立制

2013 年 1 月 1 日

涌浪激潮，风云变幻，飞舟奉使方出站。乘风破浪力攻坚，恢弘气势人人赞。

应届中央，当机立断，开宗明义抓关键。真抓实干促兴邦，建章立制杜空泛。

（学习中共十八大精神的体会之五）

西江月

## 增强国防自卫

2013年1月10日

洞彻风云变幻，辨析境域氛围。居安切勿忘思危，务必提高警备。

选定强军战略，绝非耀武扬威。豺狼伤愈又回归，逼我兴师自卫。

（学习中共十八大精神的体会之六）

五律

## 鸿猷依归民生

2013年1月15日

国是千千万，民生一线牵。
践行宗旨令，势动盖苍天。
中外多朝代，民生作戏言。
中国今政要，执掌论尊严。

（学习中共十八大精神的体会之七）

### 减字木兰花

## 牢记关键在党

2013 年 1 月 17 日

国兴久暂，政党兴衰着关键。政党兴衰，要在细胞康弱哉。

细胞康弱，吐故纳新常不辍。吐故纳新，永葆青春举世尊。

（学习中共十八大精神的体会之八）

### 七绝

## 祝外孙福运亨通

2012 年 12 月 4 日

飞天仙鹤衔孙送，姚府增辉紫气拥。
觞祝娇孙福运广，才思横溢业亨通。

## 清平乐

# 欣悉预建海底空间站

2012年12月8日

欣悉予建，海底空间站。华夏精英多贡献，壮丽诗篇频现。

依归自力更生，无忧权势之争。免受异邦操控，益彰祖业新兴。

## 玉楼春

# 赞学习中共十八大精神培训班

2012年12月15日

风吹顺喜❶声声赞，议室冷冬花竞艳。
雏鹰展翅放高歌，日月增辉光灿灿。
八青❷演讲珠玑串，陆海潘江❸非过言。
冶局❹后继富生机，离退人员百年盼。

---

❶ 顺喜，指顺义顺喜山庄（全国人大会议中心）。

❷ 八青，指8位演讲的年轻人。

❸ 晋朝文学家陆机和潘岳，被人誉称“陆才如海，潘才如江”，简称“陆海潘江”。后人用以泛指学识渊博、才华横溢的人。

❹ 冶局，指冶金离退休干部局。

## 清平乐

# 日本首相命运轮展

2013年1月12日

登高眺远，命运东瀛展。野田龟缩安倍显，哪个至奸命短？

不知天有多高，阴沟秽水兴妖。初始疯张无忌，临终眉皱心焦。

## 西江月

# 瑞雪治雾霾

2013年1月20日

霾雾铺天盖地，致瘫空陆交通。万千旅客滞途中，莫不灰心扫兴。

昨夜清风惠雪，今朝万里晴空。治污瑞雪立殊功，连日雾霾告罄。

七律

## 警惕日本军国主义复活

2013 年 1 月 24 日

臭虫隐匿在东瀛，繁衍生息育后生。
祖罪仔袭操旧习，兴风作浪不消停。
小泉撒野❶传安倍，安倍比狼❷驶纵横。
狂吠学习希特勒，绝非嬉戏是真情。

七律

## 敬祝谢老百岁寿辰

2013 年春节前

寿星不减当年勇，墨海书山永不休。
经典新书不释手，诗词书法毕生修。
才思横溢非凡志，睿智卓识晚辈羞。
洞彻乾坤多变幻，经纶满腹续春秋。

---

❶ 小泉撒野，既指小泉自己，又指野田。
❷ 狼与郎同音。

忆江南

## 节前思故乡

2013 年 2 月 7 日

春节到，城里静悄悄。偶有几声鞭炮响，远非人气老家高。思绪故乡飘。

卜算子

## 青春光阴似锦

2013 年 2 月 21 日

少小恋青春，未尽青春瘾。更怪青春运不长，鬓角霜花隐。
待老忆青春，至悔光阴损。寸寸光阴寸寸金，祖训催君紧。

七律

## 美丽中国赞

2013 年 3 月 15 日

华域增辉洒满园，百花怒放溢芳馨。
春风得意人欢笑，特色江山景系春。
旭日东升照苍昊，鹏程万里耀乾坤。
复兴大业突飞进，美丽中国万象新。

破阵子

## 共创美丽中国

2013年3月17日

改革益加深入，创新进取尤佳。炎黄子孙新奋起，众手浇开幸福花。莺飞进万家。

各业争先恐后，群英踔厉风发。实干兴邦拒空议，心筑坚堤永不垮。江山碧丽纱。

西江月

## 赵朔和屠岸贾

2013年4月10日

义满武精望重，屡遭佞幸施奸。忠心耿耿保君安，反被灭门抄斩。

禀性穷凶极恶，阴谋诡计多端。良臣尽陷罪滔天，自毙难消民怨。

（看电视剧《赵氏孤儿案》有感）

西江月

## 赞程婴

2013年4月10日

立志忠贞不贰，怀揣除恶之心。屈居狼栅暂栖身，忍痛舍生埋仁。

挚友公孙杵臼，相约戮力同心。力匡王裔赵家根，千古流芳诚信。

（看电视剧《赵氏孤儿案》又感）

鹧鸪天

## 祝寿词

2013年4月11日

术室针刀誉满书，医中翘楚冠提壶。
潘江陆海❶争相会，扁鹊华佗赞有余。
担重任，履险途。终生奉献展宏图。
青松不老南山寿，踔厉风发东海福。

❶ 陆海翻江。晋朝文学家陆机和潘岳，被人誉称“陆才如海，潘才如江”，简称“陆海潘江”。后人用以泛指学识渊博、才华横溢的人。

## 沁园春

# 春游随感

2013年4月15日

柳踔莺娇，万象更新，已过孟春。适春风得意，全家出动；目标锁定，奥体中心。孙劲撒欢儿，老夫陪伴，时有休息绿草茵。翁相逢，议当今盛世，陶醉芳馨。

江山紫气氤氲。民众聚、高歌颂社今。赞祖国大地，莺歌燕舞；青松翠柏，叶茂根深。民众安生，风清弊却，广袤神州万象新。伸巨擘，我是中国人，底气千军。

## 七律

# 春游农业嘉年华

2013年4月26日

丽日暄风嘉年华，妪翁集聚到农家。
浓香清气游心醉，绚靓村风众口夸。
科技兴农业飞进，财生有道富提加。
京郊大地吉星照，无限生机促物华。

七律

## 赏　花

2013年5月1日

癸巳五一天作美，全家览胜到花乡。
花随人意争开放，众赞花仙肯赏光。
碧草蓝天花海洋，景观园地饰新装。
群花迎客频颜笑，花粉扑鼻满面香。

五律

## 奥体中心抒怀

2013年5月3日

柳辫婆娑舞，碧波鸭划舟。
远山辉映像，静待鱼吞钩。
草绿芳馨醉，气清心不忧。
健身增体质，信步品德修。

七绝

## 信步偶书

2013年5月5日

信步轻松社区转，欢欣民众舞翩跹。
有心献首诗歌颂，腹匮珠玑动笔难。

七绝

## 槐花赞

2013年5月5日

晨起推窗观景象，槐花绽放溢清香。
置身夏色争妍俏，装点京华盛世扬。

**附：**

## 五古

推窗迎朝阳，满园槐花香。
洁白映碧绿，禹域赛天堂。

### 七律

## 黎民壮士歌

2013 年 5 月 24 日

胳膊伸开能跑马，话音落地会砸坑。
陷身宁肯站着死，决不屈膝跪乞生。
当道豺狼非所惧，厉声一吼破天惊。
声威并茂昂天啸，即闯关东站若松。

（为电视剧《闯关东新传》而作）

### 西江月

## 老同学聚会纪实

2013 年 6 月 7 日

至趣探析国是，时而漫叙家风。针砭时弊吐心声，情智益发丰盛。

少有牢骚过盛，更多谈笑风生。当今政要领新风，势在风清气正。

七律

## 航天精神赞

2013 年 6 月 30 日

航天精神推佳绩，盖世功勋世界睎。
科技领先掀巨浪，浪花飞舞厉生机。
家国旺盛前程美，伟大复兴活力激。
奋起直追华夏梦，披坚执锐步天梯。

破阵子

## 社区公园入梦

2013 年 7 月 8 日

雨后风清气爽，园中花草芳香。童子学归欢耍畅，游客扎堆话永昌。赞歌扬四方。

立志亲民廉政，实干伟业兴邦。万众一心中国梦，共谱乾坤大乐章。神州煦日光。

## 西江月

# 不服不行

2013 年 7 月 18 日

才越潘江陆海，誉超映日荷花。改天换地除非他，执掌千军万马。

真理恒操在手，浑身傲骨生发。狂风恶浪奈何他？揽月捉鳖把拏。

（看电视剧《寻路》有感）

## 七律

# 惊诧公信力

2013 年 7 月 28 日

忽地惊呼公信力，今昔对比细分析。
基层揭秘究锅底❶，民众琢磨有寸厘。
革命期间天地比❷，掌权年代“四风”❸ 欺。
心中缺少民为贵，瞬霎灵犀会转移。

---

❶ 究锅底，指关心了解群众的基本生活状况。

❷ 天地比，指把老百姓比作天、比作地。

❸ “四风”，指形式主义、官僚主义、享乐主义和奢靡之风。

五绝

# 剩 女 叹

2013年7月29日

西村一秀女，日月赏孤芳。
冷语回逑婿，情君躲梦乡。

浪淘沙

# 给麻生太郎画像

2013年8月5日

东瀛小麻生，自谓精英。隔三岔五念歪经。生就乌鸦凄厉嘴，破嗓魈声。

今又念歪经，语落群攻。惺惺作态忏伊轻。狼狈为奸呼纳粹，屡露腥风。

七律

## 湖　　韵

2013 年 9 月 2 日

纳凉湖岸柳荫间，嬉戏垂髫景岸边。
偶见群鸭飞水面，与闻游客嚷声喧。
数君执泥书声朗，犹似身边静景绵。
喜看当今后生读，求知圆梦奋争先。

西江月

## 秋　　韵

2013 年 9 月 15 日

村野飘香迷醉，三农消去心忧。大灾之后又丰收，咋解心中疑窦？

休论国家之大，莫说民众无忧。振兴三农势不休，特色江山益秀。

清平乐

## 迎中秋赞新风

2013年9月19日

金风爽送，众聚中秋庆。万事亨通家业盛，邪气歪风告罄。

今昔对比一惊，挪公送礼销声。明显公私分界，振兴时代新风。

七绝

## 鸠鸣京韵

2013年国庆节前

多年不见斑鸠影，忽有鸠鸣倍感新。
盛赞京都今绿化，争归百鸟乐栖身。

（赞京都绿化之功绩）

七律

## 谣言与自信

2013 年 10 月 6 日

如日中天威力展，线天云起逆风吹。
西方畏我争权位，忤逆无端搅是非。
万众创新成果累，“三个自信”益增辉。
谣呼六月飞天雪，笑掉门牙落地飞。

如梦令

## 后生可畏

2013 年 10 月 12 日

盛世后生发畏，直面考官应对。对答赛珍珠，彰显天资聪慧。聪慧，聪慧，考场众心陶醉。

（收视汉字听写大会实况有感）

## 如梦令

# 远朋相会

2013年10月13日

重阳节京郊转，有远朋突相见。自幼弟兄亲，留下诸多思念。思念，思念，是日共圆心愿。

## 七绝

# 举觞相庆

2013年10月25日

碧水蓝天绿草香，金风拂面柿山庄。
果农到处红灯挂，相庆开怀频举觞。

## 七绝

# 锣鼓自诩

2013年11月2日

一生癖好挨敲打，任便槌兄志趣行。
愿以兹生唤民悦，敲出韵律吐心声。

### 西江月

## 金秋探家即兴

2013年11月7日

时令金秋气爽，当值瓜果飘香。夫妻携幼奔家乡，沉醉丰收景象。

满目沧桑巨变，充盈时代风光。村村户户聚举觞，祝贺财源兴旺。

### 西江月

## 柿 农 忧

2013年11月28日

方赞丰收定势，匆悉柿主新忧。深山盘柿质殊优，竟匮商家采购。

产地运输极困，商家怯解金兜。伤心惨目烂山沟，睹者不堪忍受。

## 清平乐

# 鉴　　妖

2013年12月1日

浪花飞溅，东海三军练。倭寇兴妖来捣乱，军国野心再现。

战争罪不容诛，僵尸赖不干枯。今又摇旗呐喊，贼心不逊当初。

## 七绝

# 期　　颐

2013年12月7日

岁月匆匆七十五，身心康健气非俗。
勤思励志期颐汉，无意南郭混滥竽。

五律

## 日趋风清弊绝

2013年12月13日

月弯趋圆满，寒尽予春归。
铁杵磨针细，功夫显巨威。
从严惩腐败，执政促增辉。
弊却风清日，神州漫彩飞。

七律

## 祝“嫦娥三号”工程圆满成功

2013年12月14日

三妹[1]出发去月宫，月姑接待在宫中。
推襟送抱身心暖，情意殷实话语衷。
寂寞嫦娥专独舞，清辉玉兔喜双龙。
齐心圆我中国梦，华夏英姿耀太空。

[1] 三妹、月姑，这里把“三号卫星”和月中嫦娥比做姑娌。

七绝

## 稚 子 问

2014年1月1日

沐浴阳光心亦暖，外孙戏耍劲撒欢。
连珠炮式声声问，诱吾开心冀望轩。

七绝

## 怀念周总理

2014年1月8日

翠柏苍松出净土，根深叶茂傲苍天。
神州大地雄风展，才智英姿耀史篇。

七绝

## 溜冰场风光赞

2014年1月15日

溜冰场上翩跹舞，龙凤相嬉比翼飞。
申赵[1]精英仰天啸，高歌青少劲争辉。

---

[1] 申赵，指我国花样滑冰双人滑世界冠军申雪和赵宏博。

## 春　联

2014年春节

风清弊绝百业兴旺

国强梦圆万象更新

甲午新境

### 七律

## 祈　雪

2014年1月25日

一冬不见雪花飞，几度飞临又错微。

北境冬装银不裹，南国游客趣乏归。

黎民祈祷天坛祭，云雪应声调转回。

致谢天公随人意，纷飞瑞雪报春晖。

# 春　　联

2014年春节

立规章着实效一抓到底
打老虎拍苍蝇双管齐下
风清弊绝

（驳香港的西方御用文人对我反腐工作的污蔑）

## 七律
# 老 来 乐

2014年2月5日

哑哑娇孙跑得欢，声声姥爷喜心间。
生活溢美赏天乐，雅兴激发也少年。
回忆当年颇隽永，专心事业奋登先。
逢兹盛世心殊美，乐乐悠悠赛众仙。

## 西江月
# 新春活力

2014年2月15日

百卉含英萌动，神州充满生机。方兴万物竞朝夕，劲显新春活力。

特色江山益盛，目标催人奋激。你追我赶抢先机，圆梦才思横溢。

## 七绝
# 绝杀暴恐

2014年3月3日

嚣张暴恐滔天罪，残害无辜致祸殃。
闻讯公安剑出鞘，斩妖除恶保安昌。

（记昆明火车站“3·1”严重暴恐事件）

五律

## 治霾与驱妖

2014年3月11日

空中罩霾雾，天地患贼妖。
霾雾贼妖盛，人间祸率高。
霾多人损寿，妖盛社情糟。
霾治风声紧，驱妖势不消。

七律

## 咫尺相思

2014年3月15日

同窗十载注深情，相伴朝夕不舍分。
忽地生离踪断影，多年思念泪湿襟。
休说鸿雁非相助，严守规矩乃主因。
直到华发再相遇，方知同业北山根。

（感叹两位老同学的思念情）

七绝

## 赞鹊巢技艺

2014年4月1日

技压群芳工匠智，几根树杈把巢支。
衔枝弄草安插妙，不惧狂飙暴雨击。

七绝

## 幸福家庭赞

2014年4月1日

一日三餐顿顿香，身心康健面增光。
家庭和睦儿孙孝，荜户书香润四方。

七绝

## 快 步 走

2014年4月18日

腰间别个计步器，耄老中青活力激。
兴致一发开路走，目标万蹴抢先机。

七律

## 斥帝国妖风

2014年4月18日

才有烟消露光彩，瞬间魔鬼又兴灾。
西一拳脚东一拱，遍地烟云遍地哀。
利欲熏心无所忌，西山落日不服衰。
瘟菌瘴气浑天吐，不顾群愤越顶来。

减字木兰花

## 苟且偷生

2014年4月26日

烟消云散，世纪光辉金灿灿。又有腥风，魔鬼兴妖邪气升。

疯张放荡，罔顾当今局势状。泯灭经年，苟且偷生末日天。

七律

## 赞 新 政

2014 年 4 月 28 日

春风巧作放光华，绿水青山锦上花。
堤柳风吹偕燕舞，牡丹花放富千家。
风清弊却英姿展，实力倬升众口夸。
昂首开发新世界，声威并茂好当家。

七绝

## 赏台北“故宫”

2014 年 5 月 8 日

台北专心赏“故宫”，中华古艺众人惊。
统一台海阖家日，两岸会师礼乐鸣。

七绝

## 游阿里山

2014 年 5 月 8 日

山腰云雾翩跹舞，曲径通幽路上旋。
叠翠青山花怒放，林涛鸟语化诗篇。

## 七绝

# 哭台湾老兵

2014年5月14日

无心征战被抓丁，历尽艰辛落台东。
莫道思亲哭泪尽，凿开隧道葬终生。

## 五绝

# 论时局

2014年6月12日

世界多博弈，谁人予理析？
休说没论处，实力尚难敌。

## 七绝

# 赞当今领袖

(一)

2014年6月16日

立身巧作擎天柱，宏论频出震乾坤。
石印铁痕❶非戏演，灵魂深处刻人民。

---

❶ 石印铁痕，指由中共中央总书记习近平同志倡导、中共中央政治局常委同志带头践行的“踏石留印”“抓铁有痕”的扬正之风。

（二）

2014 年国庆节

宏论杰出震五洲，刚柔相济任风流。
践行宗旨人民爱，民富国强底气遒。

七律

## 人工湖畔心潮涌

2014 年 6 月 28 日

绿草清香沁肺腑，荷花怒放映朝阳。
群鸭驯雏儿湖前嬉，童幼捉迷景后藏。
老汉躬勤逢盛世，天公赐幸降吉祥。
儿孙子女尊前孝，半辈艰辛都补偿。

七绝

## 秉性相投

2014 年 7 月 7 日

机关算尽聪明过，安倍东瀛建鬼窝。
效仿当年希特勒，言其秉性似颇多。

菩萨蛮

## 怀念邓小平

2014年8月18日

洞察一切润国色，治国理政多良策。真理在胸中，刚柔相济功。

为民不知累，宁把心操碎。力挽数狂澜，披榛摘佩兰。

（看电视连续剧《历史转折中的邓小平》有感）

七律

## 盛聚鞍钢

2014年8月30日

百花怒放燕鸽飞，雄伟钢都映翠微。
故友重逢心更暖，花香鸟语话如晖。
鞍钢盛誉人才库，海角流芳俊秀碑。
佳日良辰回故地，英豪挚友劲扎堆。

七律

## 钢都新韵

2014 年 8 月 30 日

甘霖浴罢沐朝阳，盛赞钢都换靓装。
惊问黄龙❶何处去？鸟答宾客易花香。
鞍钢改创❷传华夏，明义❸精神染四方。
奋起职工追梦紧，磅礴气势盖群芳。

七绝

## 中秋赏月

2014 年 9 月 8 日

凝神伫立望星空，明月高升靓彩东。
华域共圆中国梦，寰球兴起汉学风。

❶ 黄龙，指钢铁厂的灰尘浓烟。
❷ 鞍钢改创，指鞍钢的改革创新。
❸ 明义精神，指当代活雷锋郭明义的模范事迹。

### 清平乐

## 秋梦回春

2014年9月8日

金风细雨，百卉情思吐。斗罢严寒出净土，再度莺歌燕舞。

易年草木新装，内功勿用张扬。冬蕴更生茁壮，来春愈益阳光。

### 清平乐

## 霾因释疑

2014年10月19日

乱云飞渡，霾雾乘机入。毒害生灵迷惑路，试问天公何故？

雾霾自有成因，天公拒揽其身。人类扪心自问，释疑环保追根。

### 西江月

## 怀念朱老总

2014年11月5日

铸就忠心赤胆，不辞觅路辛艰。锄奸除寇保国安，勇把终生奉献。

匪寇闻风丧胆，黎民盛赞仁宽。深谋远略点江山，功绩卓绝无限。

（看电视连续剧《开国元勋朱德》有感）

### 西江月

## 当今雁首

2014年11月12日

亚太腾飞群雁❶，华都共绘蓝图。山河秀丽彩霞出，彰显龙翔凤翥。

直面乱云飞渡，共商稳健征途。今朝路远道崎岖，首雁非君莫属。

（2014年亚太经合组织会议一瞥）

---

❶ 亚太腾飞群雁。中国国家主席习近平在2014年亚太经合组织会议的主旨演讲中，称21个正式成员为正在腾飞的大雁。

## 七律

# 引　　路

2014年11月19日

忧思孤雁落衰微，无首雁群纷乱飞。
群起疾呼遴首领，率军奋进度安危。
自封雁首遭奚落，妄取牙旗续逞威。
谁是当今新雁首？公推翘楚凯旋归。

## 西江月

# 反腐仍在路上

2014年12月18日

打虎方兴未艾，拍蝇暂漏金刚❶。喽啰狂悖继疯张，远未风清绝恙。

壮士不惜断腕，疗毒何惧疼伤。除邪惩恶莫彷徨，誓把蛇蝎涤荡。

❶ 金刚，在此指苍蝇蛹。

西江月

## 致樊老师

2015 年 1 月 8 日

文法诗词韵律，楷行隶篆草书。勤修持习满堂呼，倾诉耄耋情愫。

难拒簇拥求教，执鞭复教重出。铭德楼馆散玑珠，科大诗文盛誉。

（学习樊源兴老师《诗词习字八十首》有感）

踏莎行

## 辞旧迎新

2015 年 1 月 10 日

骏马功成，三阳（羊）开泰，神州大地春常在。江山若画富生机，声威并茂云天外。

打虎拍蝇，方兴未艾，穷追猛打非言殆。天罗地网盖寰球，风清弊却除戕害。

七绝

## 奋　　进

2015年1月20日

初日曈曈气象新，书声琅琅遍湖滨。
充实底蕴正能量，圆梦兴国主力军。

七绝

## 耳　　鸣

2015年1月26日

寒冬腊月蓦蝉鸣，老朽疑时不是冬。
连日鸣声仍不断，方知人老耳伊聋。

七绝

## 太平盛世赞

2015年1月28日

丁兹盛世百家鸣，喜庆家和万事兴。
华域激发正能量，神州圆梦照福星。

西江月

## 国盛敌惊妄动

2015年2月3日

新政补天柱地，华威震撼苍穹。举国兴起创新风，意旨同心圆梦。

外宄惊心掉胆，宿敌点火煽风。东瀛仗势打先锋，意欲轻生妄动。

七律

## 兴　　农

2015年2月8日

春风丽日隔河柳，细雨和风染绿洲。
大地生机催梦醒，三农新政促丰收。
连年政府兴农策，改善民生力不休。
意义非凡多壮举，神州兴旺贯千秋。

七律

## 乌克兰硝烟

2015年2月15日

连绵战争山河碎，民众无辜陷祸殃。
忧虑乌国何处去？生杀权柄在西方。
弟兄夷纵烽烟滚，炮火交加手足伤。
唤醒人民齐奋起，同心自主运国昌。

清平乐

## 书生英雄赞

2015年2月17日

气冲霄汉，敌寇闻声颤。一部书生从武传，扬我民族典范。

当惊白面书生，面敌义愤填膺。睿智凝结大恨，英才益显威风。

（看电视连续剧《战魂》有感）

七律

## 羊年说梦

2015年2月19日

锣鼓喧天辞旧岁，莺歌燕舞庆新年。
倡扬反腐心灵美，严守规矩纪不凡。
社会喷发正能量，国人圆梦势空前。
身为梦队中坚士，力献终身莫戏言。

踏莎行

## 瑞雪宜人

2015年春节

雪霁山林，梨花草岸，银装素裹迷人恋。碧空无际气清新，着衣旷野白绸缎。

瑞雪宜人，心花怒绽，兴国圆梦终身献。你追我赶奋争先，钟灵毓秀齐声赞。

七律

## 赞当今民主生活会

2015年2月28日

当今民主生活会，一改前非正气兴。
出以公心含辣味，刺刀见血现真情。
认真严肃先书记，戳到骨麻后汗生。
开展批评当要务，灵魂深处浪潮升。

玉楼春

## 谁主沉浮

2015年3月15日

妖风邪气毒蛇舞，四海五洲乏净土。
风云变幻势无常，谁主沉浮掐指数。
当年争霸穷黩武，今日几能擂战鼓？
唯一霸主继凶狂，已落名声如粪土。

七律

## 宽沟议政赞

2015年3月27日

风吹柳辫婆娑舞，桃李怀春绽艳姿。
百卉含英辉映俏，亿民奋进抢先机。
宽沟议政新春聚❶，骨干梦圆情奋激。
党务先行多创意，基层堡垒力夯实。

破阵子

## 赞冶金媒体不老松

2015年4月4日

见证冶金风雨，传播行业之声。睿智激发正能量，敏慧导航新路程。共吟圆梦经。

不愧冶媒翘楚，笔端钢铁雄锋。绰绰英才逢盛世，历历新闻质地升。冶媒不老松。

❶ 宽沟议政新春聚，指2015年3月25~27日，冶金离退休干部局在怀柔北京市人民政府宽沟招待所举办党支部骨干培训班，讨论如何进一步加强党的建设。

七绝

## 柳絮命运的变迁

2015年4月4日

柳絮随风洒满天，诗人盛誉落笔端。
而今览胜先环保，改性择优众热喧。

七绝

## 尽力而为

2015年4月28日

忠心耿耿圆国梦，情意殷殷势不停。
少不偷闲老来俏，严于律己夕阳红。

七绝

## 冥顽游说

2015年4月29日

瞠目胡言不脸红，结舌狡狯裹阴风。
俨然又个希特勒，混进哈佛裂肺鸣。

（听闻安倍晋三到哈佛大学演讲有感）

七绝

## 除害护林

2015 年 5 月 12 日

芳林万亩争妍彩，多少林工复跰栽。
葱郁之时何用药？害虫虽小众成灾。

踏莎行

## 致蔡某人

2015 年 5 月 18 日

疲弱之躯，一身反骨，称孤道寡贼心吐。近无希望远无期，白天作梦殊离谱。

易帜更帆，用心良苦，当年辉、扁抓阄儿赌。而今尔怯真心露，与民答话玩儿魔语。

七绝

## 竹 笋 赞

2015 年 5 月 25 日

威仪崭露势非凡，旺盛生机雨后烜。
直上云霄显身手，南国清野傲苍天。

十六字令

## 三严三实

2015 年 6 月 7 日

严，严以修身与用权。当今仕，律己更加严。

实，谋事创新定要实。从实论，首要做人实。

七绝

## 恶魔届终日

2015 年 6 月 14 日

野心放荡横生祸，狼狈为奸紧凑合。

天理难容罪难赦，昏沉儿戏届休锣。

（致安倍晋三、阿基诺）

### 玉楼春

## 竞选临门冒精英

2015年6月22日

台执政党悲天泣，竞选临门无旨意。
洪[1]英鏖战露峥嵘，枯木逢春盈底气。
开宗明义时宜适，拒把原则作交易。
不因谤议是非浊，飒爽英姿扬正气。

### 七绝

## 生平短议

2015年6月23日

风吹柳辫婆娑舞，雨打花残顺水流。
岁月蹉跎欣与苦，为人做事美名留。

[1] 洪，指台湾国民党的洪秀柱。

## 七律

# 盛世清福

2015 年 6 月 25 日

老汉夕阳试艳娇，生活闲适忘操劳。
终生奉献迎恬适，淡泊名禄无苦熬。
如意随餐酌小酒，老当益壮乐逍遥。
尧天舜日清福享，万里神州写九韶。

## 如梦令

# 遵　　宪

2015 年 7 月 2 日

国是何尝千万，宪法至高无限。不论任何人，举动必须遵宪。遵宪，遵宪，宪法不容侵犯。

七律

## 心 浪 涌

2015年7月3日

驱车驰骋路途说，叠翠峰峦亦跄踔。
卓荦景观收眼底，心思随柳舞婆娑。
江山富丽登攀热，万众创新收获多。
圆梦激发正能量，五洲盛赞大中国。

踏莎行

## 欣赞大阳台

2015年7月18日

冬晓咸阳，夏夕躲暑。家人闲适情思吐。幼孙嬉戏绕膝前，时而歌伴翩跹舞。

宽绰阳台，精工栏柱。当今社会民为主。勤劳致富享清福，民居却似新开府。

临江仙

## 京都新面貌

2015 年 7 月 19 日

车水马龙人济济，景观卓异非常。京都面貌换新装。市民昂首赞，菊桂莅秋香。

新政兴都天作美，创新果累盈仓。欣欣科技带头羊。京都聚翘楚，日月亦增光。

七律

## 李登辉狼窝摆尾

2015 年 7 月 19 日

道貌岸然龟幼孙，认贼作父丧灵魂。
感恩夷种娘亲重，妄作儿皇孝心纯。
卖祖求荣擅国是，分宗离祖罪尤深。
现身国内名声臭，跑到狼窝摆尾亲。

（日本安倍政府允许台独分子李登辉访日，安倍还同他进行了一个半小时密谈。李登辉在日本大肆宣扬日本军国主义侵占台湾有功，并胡说中国神圣领土钓鱼岛是日本的。令人气愤，有感而作。）

七绝

## 暑过玉门关

2015年8月5日

日挂中天赛烤箱，片云飞过顿清凉。
温差昼夜悬殊大，夜梦油花分外香。

如梦令

## 哭鸟岛

2015年8月8日

鸟岛雄姿绝变，横扫游人心愿。名胜落虚名，留下诸多遗憾。遗憾，遗憾，何日景观重现？

踏莎行

## 西北览胜随笔

2015年8月13日

西北风光，游人陶醉，景观览罢多回味。千姿地貌振国威，辉煌遗址扬国粹。

西北人民，九州钦佩，豪情奔放群英荟。民族和睦展雄风，创新圆梦多功最❶。

（2015年8月1日至12日，全家人驱车经山西到陕西、宁夏、甘肃、青海、内蒙古的部分胜境一游。所见所闻，特别是丹霞、雅丹地貌和莫高窟、嘉峪关、照壁山等胜境，实在是雄伟壮观美丽之极，令人对祖国大好河山赞叹不已。特填词一首，聊表欣悦之情。）

### 如梦令

## 冥顽绝路

2015年8月15日

好战狂贼心固，不自量犹天赋。盖地斥责声，他却依然如故。如故，如故，当世冥顽绝路。

（批以安倍政府为首的日本右翼势力）

### 七绝

## 戒不自量力

2015年8月24日

苍颜皓首弯腰背，力不从心志不微。
壮语豪言敷老朽，寻欢取乐戒违规。

❶ 最，在此指领先的意思。

## 西江月
# 大阅兵随感

2015年9月3日

### （一）

装备扬威四海，雄风震撼寰球。声威并茂创一流，世我得天独厚。

瞻望国强民富，慎言壮志初酬。弥坚信念写春秋，华域益加灵秀。

### （二）

惊世尖端装备，扬威震世雄风。乾坤运转我支撑，何惧贼鼠妄动。

不以自强称霸，力推世界和平。关心四海众民生，着力五洲丰庆。

（纪念中国人民抗日战争暨世界反法西斯战争胜利70周年）

## 沁园春

# 大阅兵

2015年9月3日

十点钟声，礼炮轰鸣，盛大阅兵。看诸兵方阵，凌云胄甲；昂扬蹈厉，威振雄风。装备精良，峥嵘轩峻，震古烁今势满盈。昂首问，我中华英武，谁敢敌兵？

兴国需要强兵。稳局势、兵强正义兴。传中国圆梦，敌闻丧胆，寻机闹事，逼我强兵。我有强兵，绝非称霸，维护和平乃正宗。休轻傲，面群魔乱舞，谁不强兵！

（纪念中国人民抗日战争暨世界反法西斯战争胜利70周年）

## 七律

# 催　学

2015年11月5日

满腹知识无半斗，拿来李杜两玑珠。
绝辞深邃难融会，何望皮囊可理出。
智慧穷竭思路堵，灵光闪罄意难抒。
老夫励志勿言老，奋起直追再读书。

七律

## 历史性握手

2015 年 11 月 5 日

血浓于水一家人，打断骨头连着筋。
六十六年离散泪，祖孙三代苦熬痕。
晴天霹雳震寰宇，双手热传缱绻心。
定海神针基础厚，和平发展系乾坤。

七绝

## 混世魔王

2015 年 11 月 12 日

世无秩序匪夷多，理道曲直任便说。
魔鬼横行耍无赖，东拳西蹶乱诸国。

七绝

## 迷　　路

2015 年 11 月 13 日

回家路上步偏行，沿路景观何日更？
人地生疏初见面，东西南北目失聪。

## 临江仙

# 面霸而为

2015年11月17日

世霸煽风吹鬼火，侵凌气焰嚣张。肆无忌惮益猖狂。当年纸老虎，今日臭蟑螂。

面对顽敌沉住气，雄威不在张扬。兴国立业续华章。国强实力壮，何惧恶豺狼。

## 鹊桥仙

# 危局苦撑见风范

2015年11月23日

危局险境，殚精竭虑，奋不顾身卫宪。披肝沥胆苦支撑，主正义，风范显现。

鞠躬尽瘁，死而后已，何惧腥膻恶患。拨云见日露锋芒，众顽首，挠头哀叹。

（看电视纪录片《周恩来》第10集“苦撑危局”有感）

五律

## 雅　趣

2015 年 11 月 26 日

老夫才艺浅，书墨蹭时间。
迷恋珠玑句，常思风雅篇。
时而思绪涌，创意浪潮翻。
顿感灵光闪，须臾落笔端。

七律

## 浮躁自省

2015 年 11 月 26 日

云遮雾罩恼心烦，坐立不安书亦艰。
至感无聊思绪乱，释然惰癖欲偷还。
风云变幻寻常事儿，奉献终身莫等闲。
面对苍天誓言鉴，杜绝浮躁把魂牵。

七律

## 国盛民欢

2015年12月4日

景慕国家大剧院，恢弘建筑傲苍天。
置身览胜心潮涌，触目幽思热浪翻。
特色江山益昌盛，繁荣文化势空前。
国强民富人欢畅，盛赞中国共梦圆。

（参观国家大剧院随感）

七绝

## 光 阴 吟

2015年12月11日

古人深悟光阴贵，故有悬发刺股扬[1]。
勿效南郭[2]充滥竽，莫习卢氏[3]梦黄粱。

---

[1] 悬发刺股扬，指汉朝孙敬发悬梁和战国苏秦锥刺股的故事。
[2] 南郭，指混进齐宣王吹竽队中充数的南郭先生。
[3] 卢氏，指沈既济《枕中记》中人物卢生。

## 七绝

# 风 雪 咏

2015 年 12 月 27 日

霾染蓝天远目失，风和雪霁气清晰。
天公作美人欢笑，赞雪咏风民意知。

## 七绝

# 学而知忏悔

2016 年 1 月 14 日

妙韵清词迷上瘾，濯珠溅玉润其身。
趣兴方悟为时晚，忏悔当年不在心。

（读诗词有感）

## 七绝

# 仰 慕

2016 年 1 月 18 日

腹盈妙谛气升华，圆梦兴国益大家。
固本宁邦多壮举，五洲仰慕大中华。

七绝

## 逞能自毁

2016年1月19日

不识时务狂称霸，鼓噪逞能井底蛙。
妄毙雄狮非自量，自鸣得意毁生涯。

七律

## 望子成龙析疑

2016年1月19日

誉盖西山丽凤凰，嫁临东海美龙王。
黄粱美梦一辰醒，意断情离两俱伤。
望子成龙非所议，山清水秀尽风光。
凤凰何不梧桐落？强扭甜瓜变苦汤。

西江月

# 赞 春 训

2016年3月25日

沐浴春风化雨，笑迎桃李争春。阳光雨露育新人，愈益精神振奋。

倡导循规蹈矩，弘扬改革创新。才思睿智涌泉喷，圆梦兴国遒劲。

鹊桥仙

# 再赏海棠花会

2016年4月5日

春风拂面，百花斗艳，念往海棠花会。湖滨花海溢芳菲，已多载，频思嚼味。

方今惊艳，殊荣广誉，花海蓝天交汇。沉鱼落雁益羞惭，众游客，愈加陶醉。

菩萨蛮

## 析新台政

2016年5月27日

虾兵蟹将沉渣泛，台独弄权祈天变。婊子立牌坊，蟾容胭粉妆。

为民说可语，怯把真心吐。绝路不知归，何言新作为。

五绝

## 游西藏归来

2016年8月2日

历历民族策，殷殷子母情。
和谐盈岁月，壮举势恢弘。

七律

## G20峰会一瞥

2016年9月8日

金风着意西湖畔，彰显中国话语权。
宏论杰出惊世界，经天纬地著新篇。
拓宽道路明方向，定力包容意不凡。
世事纷繁独引领，功勋卓著靓尘寰。

清平乐

## 引领风范

2016年9月10日

硝烟弥漫，贼寇横生乱。世界风云多变幻，谁主沉浮斗艳？

祖国如日东升，寰球受益颇丰。更显大国风范，助推时代新兴。

（祝贺G20峰会圆满成功）

白净沙

## 斥“亚太再平衡”

2016年10月2日

美国日本结盟，宄拥南海东瀛，亚太横遭不幸。萨德霸定，裹挟韩子狂疯。

鹊桥仙

## 再致蔡某人

2016年10月15日

秋蝉儿噪，寒蛩儿叫，蔬果蔫头耷脑。空心白菜叶帮焦，蔡宦吏，心急火燎。

扁辉[1]裸肋，尔藏谜底，逆子贼心同皂。刚柔替换运邪招，违民意，绝无好报。

七绝

## 谢挚友

2016年11月1日

欣闻陌路赞扬声，更叹多君语意同。
握手路人根底问，皆因挚友背身评。

[1] 扁、辉，指陈水扁和李登辉。

七绝

## 迟　　悟

2016 年 11 月 3 日

勤学李杜珠玑咏，模仿苏辛豪放风。
瞠目华章难汇拢，痛责蠢鲁腹中空。

五绝

## 再赞后生可畏

2016 年 11 月 8 日

雨润多芳颖，人和万事兴。
英雄时势造，翘楚益年轻。

（看中央电视台成语诗词大会节目有感）

七绝

## 大 担 当

2016 年 11 月 22 日

雄风睿智气升华，震世鸿猷意奋发。
锁定共赢昌盛路，造福人类盖天涯。

西江月

## 安倍闹剧

2016年12月18日

沆瀣豺狼当道，热衷鹰犬塞途。浑身解数控沉浮，碰死南墙不悟。

拜主奴颜媚骨，与民恶煞蛇毒。机关未尽脉息无，罔顾身临绝处。

五律

## 痴恋萨德下场

2017年3月

媚美痴韩女，执迷恋萨德。
国人齐愤懑，邦友远离别。
溺水无思量，迷途欠缜酌。
呜呼韩总统，短命已裁决。

鹊桥仙

## 浊世惊异

2017年3月

乱云飞渡，夜猫凄厉，空际云遮雾罩。世民忧虑滚狼烟，盖寰宇，心心悬吊。

帝国内讧，瀛寰猜忌，惊异西方乱套。诸国瞠目细观瞧，看霸主，东拳西脚。

鹊桥仙

## 撷英导航

2017年3月

百花怒放，逞妍斗色，国泰民安盛誉。钟灵毓秀绽生机，盖华宇，莺歌燕舞。

治国卓异，令人震撼，智信寰球仰慕。世遴舵手觅精英，导航者，非君莫属。

七古

## 解读四大名著

2017年3月

纨绔子弟梦红楼，英少灵童记西游。
为君莫急读三国，伴友效仿水浒流。

鹊桥仙

## 东瀛顽首历险记

2017年4月

臭囊烂腑，奴颜媚骨，仰慕儿皇圣土。阿谀顺旨世无双，走狗相，同流翘楚。

为民处事，阴毒险辣，使尽浑身解数。甘当儿犬与民敌，逆天道，执迷绝路。

西江月

## 咏　竹

2017 年 5 月

夜洒濛濛细雨，晨发郁郁新芽。匆匆数日顶云霞，装点江山如画。

遍体生机显赫，浑身傲骨升华。雄风展示盖天涯，哪怕寒冬酷夏。

踏莎行

## 难 回 首

2017 年 5 月

地久天长，天长地久，蹉跎岁月难回首。光阴不恋惰人寰，枯株朽木随风走。

静静沉思，深深愧疚，灵犀故我何难有？时光散尽不回头，空留腐骨呻吟吼。

踏莎行

## 观 时 势

2017年5月

暴恐袭击，九蟲作乱，时光失色人增怨。数国骚动起狼烟，亿民生恐遭涂炭。

旭日东升，阳光灿烂，“一带一路”连成片。和平合作促生机，共赢共享乘人愿。

七律

## 迎十九大谱新篇

2017年5月

“两学一做”意非凡，圆梦兴国质地坚。
“四个意识”溶血液，百年伟业亮尘寰。
披坚执锐雄风展，撸袖加油不夜天。
卓荦英姿齐奋进，迎十九大谱新篇。

# 散文诗和
# 三言两语小作篇

SANWENSHI HE
SANYANLIANGYU XIAOZUO PIAN

# 深　　情

——写给母校的感念之歌

2004年3月

四十三年前
我们
一群饥渴的求知者
满怀企求
投进了您的怀抱
当时同学中流传着这样一句话
老师撒下一把米
大家都来抢米吃
谁抢得最多
谁就是您当之无愧的骄子
正是在这种“抢米”动机的驱使下
我们恨不得把您全部甘甜的乳汁
一口吞噬

在三年的学子生涯中
用尽了我们的身心和精力
教室　宿舍　阅览室三点一线

是我们的主要生活方式
为了从您身上汲取更多的科学营养
我们经常争得面红耳赤
而每当此时
您总是满怀喜悦之情夸赞说
这样的孩子最有出息
当然
我们求知的道路并非一帆风顺
学习和生活中也有过些许幼稚
枉费了您不少心血
可能有时候太淘气
会惹您生气
但您未对我们有半点儿嫌弃
始终满怀慈母之心呵护着我们
生怕我们在成长路上出现闪失
以正确思想教导我们立身做人
用先进科学哺育我们增长知识
教导啊，哺育啊
哺育啊，教导啊
您让每个同学都深切地感受到
我们，都是您的骄子

三年过后

我们惊喜地感觉到
羽翼有些儿丰满了
飞向社会的条件开始成熟了
在我们胸怀远大抱负
即将离开您的怀抱时
您比往常更加亲切地告诫我们
毕业只是人生道路上的一个转折点
走上社会后还有更严格的考试
千叮咛，万嘱咐
要做马列主义毛泽东思想的忠实捍卫者
要做党和人民的好儿子
这铿锵有力的声音
至今回荡在我们的耳际
时刻激励着我们奋斗不息

四十多年后的今天
儿女们郑重地向您汇报
在共同的事业和各自的岗位上
我们站稳了，前进了
在谱写中华民族伟大复兴的光辉诗篇中
涂上了我们的点滴墨迹
尽管这点儿墨迹还不够浓
但国家承认了我们

人民承认了我们
此时此刻
我们的热泪洒满了答卷
我们的激情如同烈火燃烧
母亲啊！中国人民大学
没有您的精心培育打好的功底
哪有我们今天的生机
让我们深情地道一声
衷心谢谢您

（本文是作者代表中国人民大学的同班同学刘守璞、王广庆、王书敏、李石生、缪经中等人为中国人民大学《恰同学少年》一书的投稿。）

## 真　　情

——写在建党 83 周年的感念之歌

2004 年 7 月

小时候
我从您那里感受到的真情
是种恩情
因为我知道

是您
让我全家人摆脱了忍饥饿　受欺凌　苦挣扎的艰难岁月
是您
在我幼小的心灵里
播下了幸福的火种

长大一点儿
我逐步感觉到
光是恩情已经表达不了我的全部真情
于是
迈出自我　放眼社会
跨越眼前　眺望长远
我进一步看清了
您，代表的是全国各族人民的根本利益
您，是实现中华民族伟大复兴的指路明灯
这时候　我的真情深化了
但不知如何表达为好
就把它称之为深情

长大后
真情继续深化
爆发出强烈的激情
还在青年学生时代

要为人民服务的远大理想和抱负就激励着我
积极地投入到您的怀抱
成为您体内的一个细胞
幸福地流动在您的血液中
至今我仍然念念不忘的是
在您的旗帜下
我庄严地举手宣誓
要为全人类赋予我们的历史使命
奋斗终生

## 感念之歌

——写在邓小平同志100周年诞辰之际

2004年8月

您
是傲然屹立的参天大树
尽管饱经风霜
数遭霹雳
但依然根深叶茂
苍翠欲滴
在粉红翠绿的九州大地上
更加郁郁葱葱

充满生机

您
是高空翱翔的慧眼雄鹰
高居深视
洞察风云
决不允许人民利益遭受任何侵袭
不管猎物多么狡猾
隐藏的多深
都难逃脱您那敏锐的眼力
锁定目标
果断出击
除恶务尽
造福百世
在为民除害的斗争中
更加显示出
您的大勇睿智

您
是补天柱地的盖世功臣
威震四海
刚柔相济
不管寰宇出现多大危机

您总能稳住阵脚
冷静分析
继而批郤导窾
扭转乾坤
有了您
广宇大厦永不垮
围绕您
华夏儿女享盛世

您
是中国人民的好儿子
您爱人民情深似海
您为人民呕心沥血
您给人民绘画美好蓝图
您带领人民奔向幸福之路
人民热爱您
真情发自肺腑
人民怀念您
衷心祝愿您　万古流芳

# 姐　姐

2007年6月

姐姐，
这个耀人的字眼儿，
亲切的称谓，
如胶似漆地黏结在我的心坎里。
岁月绵延，
愈加涌现出无限的情丝！
比我只大6岁的姐姐，
小时候把对我的精心照顾和呵护，
作为她的天职；
我把姐姐作为依赖，
她走到哪里，
我跟到哪里。
记得那时尚不懂事的我，
经常趴在她的背上，
搂着她的脖子，
任情地撒娇、淘气……

姐姐出嫁的时候，

姐夫还在上学读书。
姐姐，
一个弱女子，
凭她在那个关系复杂的封建大家庭中的地位，
除了服侍老人、照顾幼者和家里家外的繁重劳动外，
几乎没有其他任何权利。
但她从来不肯示弱，
争强好胜的性格和过度的劳累，
在她身上留下了腰肌劳损的病疾。

在国家遭遇三年经济困难时期，
姐姐在家无粒米、几近饿死的情况下，
抱起正在牙牙学语的儿子，
忍饥受冻，
背井离乡，
逃难去了刚从海军集体转业的姐夫那里。
之后，
虽跟随姐夫几次调动迁移，
从一个渺无人烟的地方到另一个人烟渺无的地方，
从黑龙江到内蒙古，
但始终没有离开那片茫茫黑土地。

黑土地啊，

黑土地！
既救了我姐姐一命，
又苦了我姐姐一生。
生活中的困境她不愿向老家透露，
净捡些开心的话儿说给老娘听。
老家人真以为她过上了“天堂”般的好日子，
从此谁也没有再为她的生计费过半点儿心思。

当我在职的时候，
都是姐姐千里迢迢到北京看我，
我却从来没有去她那里探望一次。
那时候想：
我的工作岗位出差任务多，
总有机会拐个弯儿就能顺便到她们那里。
然而，
令我自责的是：
直到退休前，
这个愿望也没有成为现实。

有一次，
我已经到了距她们家大约还有千把里路的地方，
一切去她们那里的事宜都已经安排好，
只等起程了。

不料天不作美，
一场百年不遇的特大洪水，
毁灭了我的行程。
面对着突然出现的一片汪洋，
我不得不带着深深的遗憾，
怏怏返回！

退休后第二年，
我带着闲荡的心情，
第一次到我姐姐那里。
本想欣赏一下她们那里广袤的“田园美景”，
享受一下大自然赐予她们的“秀丽风光”。
实际一看却恍然大悟：
原来她们那里的生活状况及其环境是那么不尽如人意！
我惊讶，
我后悔，
茫然不知所以。
刹那间一种内疚之感带着热泪涌出：
既为她在前半生经受的诸多艰难困苦而悲叹，
也为自己在那么长的时间内没有了解真实的她而
　后悔莫及！

几年之后，

我又去看她一次。
虽然她们的生活水平较过去有了明显提高，
但与我们老家比，
却差距更大了。
我要给她留下几个钱，
她说什么也不要，
并反复解释说：
我没有得过她的济，
她现在也不缺钱花。
我把钱塞过去，
她把钱推过来，
折腾了大半天，
她还是坚持不要。
急得我掉下眼泪了，
才在我姐夫的“调和”下，
我向她作出了“今后只要她不开口向我要钱，我就
一分钱也不再寄了”的保证，
她才勉强收下了我的这点儿“心意”。

这就是我的姐姐！
对别人，
她可以奉献一切，
哪怕是几近饿死前的一口饭，

她也绝不会抢着吃；
对自己，
宁肯小日子过得紧巴点儿，
也不愿接受别人的资济，
包括她的亲生兄弟。

姐姐还是个闲不住的人。
从小到大，
从老家到新家，
在周围人群中，
数她眼里的活儿最多。
即使到了老年，
甚至在腰又摔伤期间，
她也不肯停下来。
拄着拐棍儿在房前屋后种几棵小菜，
或到菜地里拔拔草，
她也感到乐滋滋的！

姐姐又是个在生活上很容易得到满足的人。
长年生活在那个“有钱也没处花”的地方，
她却认为那里“什么都不缺”；
至今还住着“干打垒”的旧房子，
她却自我感觉比城里人住在高楼大厦还惬意。

你若问她在生活上还有什么需要？
她会连着说出好几个“没有”二字。

现在好了。
当我亲自看到她的儿子、儿媳们的亲情敬老表现后，
当我亲眼目睹她与孙子之辈们的和睦相处时，
我完全放心了。
但还是说不出为什么，
最使我心心念念的，
依然是她。
致此，
我衷心地祝愿她——我亲爱的姐姐：
万事如意，
福寿康宁！

## 改革开放30年颂

2008年春

改革开放三十年，
地覆天翻。
忆当年
“文化大革命”刚刚结束，

国民经济处于濒临崩溃的边缘；
人们心中聚集着一团火，
矢志抢回失去的时间。
然而，
“两个凡是”就像两堵厚厚的墙，
遮挡着人们的眼睛，
压抑着人们的智慧，
使许多人望而却步。
关键时刻，
邓小平同志挺身而出，
批郤导窾绘蓝图，
力挽狂澜建奇功。
他大声疾呼解放思想；
他极力推进改革开放。
他号召人们
摸着石头过河大胆闯，
把“姓资姓社”的争论放一旁，
切记“发展才是硬道理”，
是非要用“三个有利于”的判断标准来衡量。
他亲临第一线
跑遍了大江南北、祖国各地，
从农村到城市，
从理论到实践，

把改革开放的火种，
在中华民族的大地上点燃。

三十年，
弹指间。
邓小平理论和“三个代表”重要思想指航向，
坚持科学发展观，
高举中国特色社会主义伟大旗帜，
道路越走越宽广。
国家强盛了，
人民富裕了，
思路清晰了，
前进的步伐更加稳健了……
全世界人民刮目相看。

新世纪，
新起点；
新机遇，
新挑战。
举什么旗、走什么路、以什么样的精神状态、
　朝着什么样的发展目标前进等重大问题，
更加鲜明地摆在了全党和全国人民的面前。
在人民翘首企足之际，

党的第十七次全国代表大会胜利召开了，
高屋建瓴，
气势磅礴，
对这些重大问题作出了鲜明而科学地回答。
祖国大地春花秋月，
亿万人民朝气蓬勃，
改革更加深入，
开放进一步扩大。
在党的十七大光辉照耀下，
禹域广夏宏图展，
大地生机盎然；
再创更大辉煌，
全民奋勇争先。

## 在抗震救灾中凝聚民族精神

2008 年 5 月

2008 年 5 月 12 日 14 时 28 分，
这个深深刻在中国历史上的悲痛时刻，
四川汶川等地，
突然，
地动山摇，

山崩地裂，
房倒楼塌，
瓦砾遍地，
发生了 8.0 级特大地震。
刹那间，
在 10 万平方公里的范围内，
家已不是家，
路也不是路，
交通通讯完全隔断，
大地一片废墟。
惨遭灭顶之灾的灾区人民，
在与外界隔绝的情况下，
到处是悲惨的哭声，
撕心裂肺地喊叫：
亲人啊，
你在哪里？

噩耗划破长空，
传到祖国的每一寸土地，
牵动了亿万人民的心。
党中央
国务院
中央军委

立即决策：
迅速组织抗震救灾指挥机构、救援队伍和急需物资，
在第一时间，
以最快速度，
奔赴灾区第一线；
举全国之力，
克服一切艰难险阻，
抢救每一个生命。
随后，
在频繁发生的余震中，
在摇摇欲坠的危楼前，
在惊魂未定的灾民里，
在与死神搏斗的被困人身旁……
到处都留下了总书记、总理和有关领导的慰问、
　叮嘱或身影。
亿万双眼睛聚焦在灾区，
亿万颗爱心牵挂着灾区；
天灾无情人有情，
一方有难，
八方救援。
灾情就是命令，
时间就是生命。
共产党员，

共青团员，
国家干部，
部队官兵，
还有四面八方的平民百姓，
全力投入，
快速反应。
嗓子喊哑了，
手足磨破了；
忘记了疲劳，
忘记了饥渴，
更顾不上自身的安全。
大家心中只有一个崇高的使命——
救人，救人，救人！

多少战士，
奋不顾身，
以逼近极限的速度向灾区挺进，
以坚忍不拔的毅力克服艰难险阻。
在余震中，
他们，
一次又一次地冒着生命危险，
钻进废墟的缝隙里，
拯救着一个个正在与死神决斗的生命。

多少救援者，
连续几天几夜拼搏在废墟堆，
不怕老天的余震威慑，
不顾自身已多处擦伤，
只为抢救生命而分秒必争！
他们中，
有集体组织来的，
也有自费志愿来的；
来自天南海北，
各行各业。
1个小时、100个小时、150个小时、164个小时、179个小时、192个小时、196个小时、216个小时……
硬是把一条条宝贵的生命，
从死神手里夺了回来，
创造了一个又一个抗震救灾史上的奇迹！

更有多少志愿者，
情系废墟中的亲人，
但为了抢救其他生命，
决然把思念留在心中。
士官陈宏，
失去妻子和刚出生6个月的儿子等6位亲人，
噩耗接踵而至。

这时候，
他首先想到的是，
还有很多人等着他去抢救，
他“不能在这场救灾中缺席”！
他强忍着悲痛，
和战友一起，
从废墟中抢救出一个又一个学生。
武警战士陆苇，
有8位亲人被掩埋在废墟下面，
哭得死去活来的表妹用拳头重重地捶打着他的胸膛，
问他“为什么不去救自己的亲人”？
他一面心有愧疚地说“对不起”，
一面斩钉截铁地回答：
“一切听从部队的调遣”！
县民政局局长王宏发，
痛失儿子等15位亲人，
但用他自己的话说：
“没有时间伤心！”
他5天只睡了7个小时，
用手救出了十几条生命。
女民警蒋晓娟，
在得不到亲生娃儿生死信息的揪心思念中，
主动当起了别人娃儿的“妈妈”，

用自己还算丰润的乳汁，
哺育着八九个在地震中与母亲离别的婴儿。
女民警蒋敏，
28岁的羌族姑娘，
在震灾中失去了父母、女儿等10位亲人，
依然坚守在救灾第一线。
她几次累得晕倒，
醒过来后马上又投入了对灾民的紧张服务工作中。
问她这是为什么？
她只轻轻地回答：
“感同身受！灾难面前，所有的人都是一家人。”

触到这些可歌可泣的英雄事迹，
灾民感动了，
把对党的厚恩深埋心底；
全国人民感动了，
纷纷用捐钱捐物等各种方式，
奉献自己的爱心。
如果我们把这看作是抗震救灾的悲壮之歌，
不如说是民族力量的全面演练。
万众一心，
众志成城，
迎难而上，

百折不挠。
民族气质在抗震救灾中显示，
民族精神在抗震救灾中发扬，
民族灵魂和民族力量在抗震救灾中凝聚！
全世界
更加敬佩伟大的中国共产党，
更加向慕光荣的中国共产党，
更加信赖正确的中国共产党。
13亿中国人民不约而同地发出一个震撼乾坤的声音：
祖国万岁！
中国共产党万岁！

## 他们是13亿中国人的脊梁

2008年6月

是他，
在生死关头，
把生的希望让给了别人，
把死的厄运留给了自己。
他竭尽全力，
把别人推出了险境，
自己却被深深地埋在了废墟里。

他撑起双臂，
用血肉之躯保护住了身下4条稚嫩的生命，
自己却永远地停止了呼吸。
就在他生命的最后一刻，
还厉声大喊：
不要管我，
赶快去抢救那些孩子！

是他，
以可歌可泣的英雄事迹，
诠释了灾情就是命令、时间就是生命的真谛。
在摇摇欲坠的危楼里，
在破砖碎瓦的废墟中，
他不顾频繁发生的余震威胁，
用手扒，
用肩扛；
连续几天几夜，
忘记饥饿，
强忍疲劳……
硬是从死神的手里，
夺回了一个个希望的生命。

是他，

在执行抗震救灾任务前，
已经听到了从废墟里传出的嘶哑的惨叫声，
那分明是自己的妈妈在呼救；
已经看到了露在废墟外面的一只脚，
那分明是自己的儿子被埋在了里面。
此时此刻，
伤心和揪心拧在一起，
让人撕心裂肺；
孝心和爱心融在一起，
比千钧重担还重。
他掐住喉咙，从内心深处痛喊了两声：
妈啊，儿子今天不能为您尽孝了！
儿啊，爸爸现在顾不得你了！
然后，他头也没敢回就跨上了征程。
直到完成任务归来，
才抱起奄奄一息的儿子，愧疚地说了声“对不起”！
含着热泪给已经僵硬的妈妈，换上了一双新鞋。

他是谁？
是和人民群众鱼水情深的国家卫士，
是恪守人道主义职责的白衣战士，
是培育民族希望的人类灵魂工程师，
是坚持以人为本的人民公仆。

他们都不愿说出自己的名字，
但都用实际行动告诉了你：
他们，就是13亿中国人的脊梁！

## 因为我是共产党员

——听抗震救灾英模事迹报告有感

2008年6月20日

生死关头，
为什么
把生的希望让给别人，
把死的厄运留给自己？
因为我是共产党员！

都是抢救灾民，
为什么
不首先抢救自己的亲人，
而把抢救别人放在第一位？
因为我是共产党员！

在救灾现场，
累倒了，爬起来；

又累倒了，又爬起来。
为什么
仍然那样奋不顾身，
用实际行动诠释着
灾情就是命令、时间就是生命的真谛?
因为我是共产党员!

面对未来，
我将永远这样回答:
因为我是共产党员。
这不是我无缘地空喊，
而是我肩负的天职;
这不是我悲壮地绝唱，
而是我神圣的使命。

## 我是中国人

看电视剧《李小龙传奇》有感

2008年11月2日

我是中国人!
一个铿锵有力的声音。
这声音，

发自肺腑，
出自内心；
激起四海千层浪，
唤醒炎黄众子孙。
从此，
举世刮目相看，
重新认识一个大写的中国人！

我是中国人！
一个令中华民族声威大震的声音。
这是全世界华人扬眉吐气的鲜明信号，
是实现中华民族伟大复兴的战斗号角。
威风凛凛，
使一切敌人闻风丧胆；
所向披靡，
让伟大祖国如日中天。
让那些“东亚病夫”之类的污辱和诅咒见鬼去吧！
屹立于世界民族之林的，
是顶天立地的中国人！

我是中国人！
一个充满自信和力量的声音。
中国人，

敢上云霄缚龙，
敢下五洋捉鳖，
敢向全世界宣布：
没有战胜不了的敌人！
不是吗？
布莱尔、木村、山本冈夫、艾迪．帕克、霍夫曼、
王芸生、劳力士、察尔王……
这些曾经独霸一方、目中无敌手的武林霸主，
一刹那就在李小龙面前彻底折服了；
并在李小龙的正义感召下，
很快成了相互信任、共磋技艺的最好朋友。
试问：
谁还再敢冷眼相觑中国人！

我是中国人！
这是李小龙战胜群敌后的呐喊，
也是全体中国人民的声音。
这声音，
是觉醒的声音，
胜利的声音；
是昨天的声音，
更是今天和明天的声音。
有人问：

中国人凭什么变得如此雄劲？
李小龙的回答是：
“三招五势”“中国功夫”；
博采众长、改革创新；
百折不挠、奋力拼搏的意志和美德；
古今特有而科学的中国理论。

## 他要顽抗到底吗？

2008年11月12日

人到浑时一根筋。
不知情，
不感恩；
不自量力，
不察风云。
更有甚者，
民意国法全不顾，
打砸抢烧堕人伦。
诗人臧克家在纪念鲁迅的诗文中说：
“有的人活着，
他已经死了；
有的人死了，

他还活着。”

他

叛国外逃的达赖喇嘛，

就是这样一个虽然活着却已经死了的人！

然而

他死而未僵，

腐烂过程中也不消闲。

偏安野冢煽阴风，

传播疾病害生灵；

借得阎王一把火，

哪儿安宁往哪儿扔。

真可谓

人欲横流，

祸国殃民；

肆无忌惮，

罪恶尤深。

尽管他

离祖分宗，

作恶多端。

祖国依然对他开着大门。

义正词严申大义，

推襟送抱话知音。
怎奈他
非要另立旗帜，
分庭抗礼。
看来，
他是决心与13亿人民对抗到底，
落个千古罪人了。
也罢，
这大概就是他本性难移的真实写照吧！

（知悉达赖喇嘛私人代表回国商谈的结果后有感）

## 老伴歌

2008年12月26日

老伴，老伴，
生活的伴侣，
永恒的期盼。
爱情的凝结，
幸福的家园。
老叟（妪）什么都可缺，
唯独不可缺老伴。

老伴，老伴，
家中雅趣说不完。
时而燃战火，
气如堂风穿。
不管矛盾有多大，
不管骂的有多狠，
一笑尽开颜。

老伴，老伴，
走过一日又一日，
过了一年又一年，
诸事都顺心，
邻里都高看。
任凭生活沧桑，
任凭世态凉炎，
相处尽坦然。

老伴，老伴，
身心健康，
万事如愿。
各做各的事，
同许一个愿；
携手托岁月，

一心共婵娟。
钟情殷殷意绵绵，
其乐无穷感苍天。

## 鞋　　子

2009年1月11日

它
一辈子被人践踏。
但它对主人的挑剔，
可以说苛刻尤加。
它宁肯“我负天下人”，
绝不容忍“天下人负我”。
顺它者，
它让你舒舒服服；
逆它者，
它教你寸步难行。

## 写 字 台

2009年1月12日

你是人类知识宝库的奠基石，

你是人类精神财富的不竭源泉。
无论人们是用双臂压住你漂亮的脸蛋儿，
还是用绒布玻璃板遮住你可贵的尊严，
你总是那样的坦然，
从来没有埋怨。
因为你知道：
这正是你，
用自己宝贵的生命，
为全人类文明的进步事业，
在作无私地奉献。

## 周总理又回来了

2009 年 3 月 12 日

“周总理又回来了！”
“周总理又回来了！”
朋友：
当您听到这个激动人心的声音时，
是否想过它来自何处？
又有多大分量？
告诉您：
这是来自草根儿的声音，

一句朴实的几乎不能再朴实的语言。
它发自13亿人民的肺腑，
凝聚着全球华人的心愿。
五洲四海共识，
齐伸巨擘夸赞。
敬爱的周总理啊！
当您听到这个激动人心的声音时，
是否也在九泉之下倍感欣慰，
益彰安然？

“周总理又回来了！”
人民群众这样赞誉温总理，
是因为他们在生活的切身体验中，
看透了温总理的内心世界；
温总理能够得到如此赞誉，
是因为他真正理解和掌握了，
“权力是人民给的”这个科学论断的真谛。
以关注民生为己任的理想和抱负，
在沧桑巨变中做好人民公仆的历练，
哺育了温总理立志要做学习周总理的模范。

“周总理又回来了！”
人民群众所赞誉的绝非温总理一个人，

而是对以胡锦涛同志为首的党中央集体和中央政府的
　高度赞誉。
擎起苍天作砥柱，
以人为本壮脊梁，
不管征途多坎坷，
时刻把广大人民的根本利益记心上。
这样的政府这样的党，
怎能不被全国人民乃至全世界人民所敬仰！

“周总理又回来了！”
这是全体中国人民的福音。
领导越是关心爱护人民群众，
人民群众越是信任拥护领导。
这就是我们中国特色社会主义的优势！
这就是我们党、我们国家、我们人民永葆青春的
　切实保障！
同志们！
继续努力吧。
周总理的高贵品质和光辉形象，
正在祖国遍地开花结果、永放光芒！
周总理的美好愿望，
将由全国人民在党中央的正确领导下，
一步一个脚印地加快实现！

# 镜　　子

2009年6月7日

你
是最忠诚的。
一生只有服务，
从来不会欺骗。
无论你在哪里，
无论何时何日，
你所反映的情况，
百分之百的实事求是。
在你的印影里，
有意竞艳者不增毫发，
无意受辱者不损丝毛。

你
是最无私的。
胸中只有他人，
唯独没有自己。
凡有求于你的，
你都来者不拒，

不要任何报酬。
享受过你推襟送抱的人，
都一走了之；
你除了自己那颗晶莹透亮的心，
其他一无所留。

你
是最公正的。
高贵的品质，
无与伦比。
不管天王老子，
还是草根儿百姓，
他们在你面前，
都是绝对平等的。
一就是一，
二就是二；
不因姿色艳陋而亲疏，
不因权势高低变凉炎。

# 为伟大祖国骄傲和自豪

2009年9月30日

祖国，
伟大的祖国！
苍天为你骄傲，
大地为你自豪！
你那五千余年的文明史啊，
曾为人类社会进步作出了巨大贡献；
你作为世界上四大文明古国之一，
至今还放射着灿烂的光芒！
看，
世上许多国家正在掀起学习汉语的热潮，
孔孟之道正在进入许多国家包括发达资本主义国家的讲堂。
世人向往中国、厚望中国，
当今世界上许多大事情，
没有中国的参与就难以做成……
想到这，
向以勤劳勇敢著称的中华儿女，
更加感慨万千。

自是，
“雄关漫道真如铁，而今迈步从头越。”

祖国，
伟大的祖国！
苍天曾为你悲泣，
大地曾为你申冤！
在百余年中，
从鸦片战争到中华人民共和国成立之前，
你遭受了帝国列强的野蛮侵略和欺凌。
曾记得，
那时的你，
已是遍体鳞伤、满目疮痍，
经济萧条、百废待兴……
为了这，
向以热爱和平著称的中华儿女，
不得不揭竿而起。
正是，
“为有牺牲多壮志，敢教日月换新天。”

祖国，
伟大的祖国！
苍天为你庆典，

大地为你祝福！
新中国成立60年来，
特别是改革开放30年来，
亿万人民，
在三代党中央领导集体和以胡锦涛同志为总书记的
　党中央领导下，
意气风发，
斗志昂扬，
阔步走在中国特色社会主义的康庄大道上。
看，
在960万平方公里的范围内，
到处沧桑巨变、成就辉煌，
人民安居乐业、莺歌燕舞……
面对这，
向以能够集中力量办大事著称的现代中华儿女，
无不壮志弥坚。
无疑，
“数风流人物，还看今朝。”

（写在中华人民共和国成立60周年盛典之际）

# 历　　史

2009年12月19日

历史，
是世上最富有的。
它的财富，
没有最多最大的时候，
只有更多更大的时候。
再多再大的财富，
它能容得下；
再少再小的财富，
它也从不丢弃。
人们说：
历史是有情的，
所有人做的所有好事，
它都刻骨铭记；
历史也是无情的，
所有人做的所有坏事，
它都毫不选择地保存。
当然，
历史也是公正的，

任何人做的任何事，
它都如实记录；
再做再记录，
从不漏掉和更改。
人们又说：
历史是高尚的，
它能推动人类社会不断前进；
历史又是自私的，
对违背它的人和事，
绝不留情。
所以，
我们对待历史，
应该是越熟悉它越好。
你对它了解和掌握得越多越深刻，
它对你的帮助越大，
你对它孤陋寡闻甚至逆它而行，
别后悔它对你也绝不客气。

## 小议“对不起”

2010年1月10日

“对不起”三个字，
说起来很容易，

任何人张嘴即是。
但是，
即使是一个有些声望的人，
当涉及他内心世界之丑态一面的时候，
你要他说声“对不起”，
而且一定要说内心的真话，
不要说官话，
更不要说假话，
那可实在是太难了。
然而，
“对不起”的含义是极其精确和深刻的，
容不得任何人卖关子。
是就是，
不是就不是；
不说内心的真话，
更加对不起！

## 党龄50周年自书

2010年3月17日

五十年，
坚定不移跟党走，

感情越来越深厚。
不管风云多变幻，
信心坚定不摇头。
随时听从党召唤，
誓为党旨献春秋。

五十年，
兢兢业业干事业，
放到哪里都心安。
尽我力所及，
不怕难与艰。
从不图享受，
只想作奉献。

五十年，
不图私利不为官，
为人处事尽坦然。
不惹事不生非，
胜不骄败不馁。
宁让亲人说愚钝，
不和他人争利位。

# 噩耗　力量　大爱

2010年4月21日

噩耗
刺人心尖儿的噩耗
4月14日7时49分从青海玉树传出了发生7.1级
　大地震的噩耗
房屋倒塌一片废墟
到处是撕心裂肺的凄厉哭嚎
这情景
强烈地震撼着政府领导人的五脏六腑
无情地撞击着全国13亿民众的心窝

力量
凝聚的力量
在抗震救灾中更加高度凝聚的力量
它由心系由情结
以排山倒海之势压倒一切
其阵势
坚如磐石地支撑着大难中的玉树
无坚不摧地捍卫着繁荣昌盛的祖国

大爱
无疆的大爱
它似三江源头的水 纯洁无染
它像飞驰在青藏高原上的钢铁运输线 把全国各族人民同藏族同胞紧密相连
正是它
倾心孕育着玉树的格桑花必将开放得更加灿烂
日益彰显着整个中华民族的伟大复兴

(为玉树抗震救灾有感而作)

## 楼 梯

2011年8月5日

楼梯,
人们离不开你,
然而又日复一日、年复一年地踩踏着你。
究竟你每天承载多大负荷?
是否承受得了?
几乎没有人问过你。
好像踩踏你的人都是天经地义。

不知你还能忍受多久？
也不知你憋气不憋气？
尽管大家经常感谢你，
然而也有人在爬不动的时候狠狠地骂你，
但你从来不表示快慰，
也不表示生气。
试问，
你这叫啥脾气？
人们该不该学习你？
怎样学习你？
学你怎么样？
不学你怎么样？
有时候学、有时候不学又怎么样？
谁来解开这个谜？

## 他

2011年9月18日

他，
谁都了解他，
谁都厌恶他。
说他是英雄，

他几乎把当代霸主叫妈；
说他是狗熊，
他做梦也妄图称霸。
在他的心目中，
别人命定受他的欺凌和宰割；
在他的形象中，
丑恶的像只癞蛤蟆。
但他贼心不死，
屡伸魔爪；
频露狰狞，
还欲盖弥彰。
天若有情天亦老。
总有一天，
魔爪再被斩断，
嚣焰亦将窒息。

## 零

2011年10月8日

零，
生就需要得到扶助。
有了扶助，

它的存在价值可以大到无限，
也可以缩到无限；
失去扶助，
它的存在就可能毫无意义，
但也有可能意义非凡。
否则人们为什么会常说：
“要从零开始”呢？

零是终止，
也是开始；
是眼前，
也是长远。
不要忽视它，
不要小看它；
它是标志，
也是动力……

## 酒

2011年10月15日

酒，
有人对它赞不绝口，

有人对它恨之入骨；
有人说它很好，
有人说它不好，
有人说它又好又不好。
我也不知道应该如何评价它。
反正，
好事它做了不少，
坏事它做了也不少。
不信？
请看：
许多情谊是它沁人肺腑激发出来的，
许多交易是它牵线搭桥获得成功的；
许多事端是由它引起的，
许多矛盾是经它化解的；
许多伤病是由它治好的，
许多生命是由它葬送的。
它的复杂性格和历史告诉我们：
不得不充分了解它，
不得不认真对待它，
不得不理性驾驭它。
否则，
它就会任性欺负你，
甚至出卖你。

# 相　片

2011 年 12 月 16 日

它，
只知道迷恋过去，
从不考虑未来；
生来已是过去，
终生没有未来。
对过去的一切，
不管良莠善恶，
它都记忆犹新；
而对未来的生活，
不管多么美好，
它压根儿就不向往。
尽管它很固执，
人们却很喜爱它；
因为它很真诚，
所以大家都留恋它。

# 剪　刀

2011 年 12 月 22 日

你，
生来只会制造分裂，
从来不讲情义。
因为你，
许多整体被一分为二；
因为你，
许多东西才有了使用价值。
说你好，
你却常使和谐之体一刀两断；
说你残酷，
你却能使人类得到幸福。
总之，
你一辈子不停地做分割事，
同时又不停地做人类非常需要的事。
看来，
你做分割之事时却往往是在做好事。
所以现代人类总也离不开你。

## 螺 丝 钉

2011 年 12 月 23 日

螺丝钉，
最明显的特点，
是富有钻劲；
最突出的作用，
是固定和连接。
然而，
超过特点和作用、更富诗意的，
是它的精神：
宁折不弯，
勇往直前。
人们赞扬它、学习它，
主要是它的这种精神。

## 小议“我爸是李刚”

2012 年 1 月 11 日

“我爸是李刚。”
该故事既发人深思，

又颇具煽情。

深思到当今社会政治制度中的弊端，

煽情至亿万苍生对当今社会政治制度的迷惑。

然而，

这是一条被扭曲了真相的新闻，

是一条断章取义、无事生非的新闻。

面对它暴风雨般的轰动效应，

人们不得不问：

作者是道听途说，还是随心臆造？

若道听途说，则是对本职工作的不负责任；

如随心臆造，则违犯了新闻工作者神圣的职业道德。

于是，

人们不得不再问：

作为新闻工作者，

应该具有什么样的品格？

**附**：2011年×月×日，某报刊载的《我爸是李刚》一文，立即在全社会引起了轰动。困惑者众多，议论者众多，矛头指向十分明确。

据国资委某领导同志介绍，事情的经过是这样的：年轻人李某开车撞了人，他立即下车询问伤者伤情如何？要不要送医院？在回答无妨大碍、无需要送医院后，他又把自己的电话号码留给了被撞人。在交警处理该事故时，年轻人已经承认了自己的责任，但提出一个要求，千万不要告诉他爸。在此情况下，交警问他爸是谁时，年轻人说："我爸是李刚。"

故事情节就是如此，不知为什么到了作者笔下就变成了另一个样子？并因此在读者中引起那么大的效应？为此，人们确实应该深思的又是什么呢？

## 小议"关我屁事"

2012年7月

"关我屁事！"
这是一句多么低俗而肮脏的话！
说这种话的人，
或许没有多少文化，
或许缺乏教养，
因为她连中华民族最起码的语言美德也没有。

"关我屁事！"
这是一句多么冷漠无情的话！
说这种话的人，
冷漠的像一块永远不能融化的冰，
连起码的人之常情都没有。
如果她能静下心来想一想：
这种言行对得起为了救他们

而献出自己宝贵生命的邓锦杰同志吗？
她们在邓锦杰同志的高大形象面前，
不觉得亏心吗？

“关我屁事！”
这是一句失去良心的话！
说这种话的人，
太有损自己的身份了。
不知她是否知晓在古人的美好传说中，关于
“羊羔跪乳”和“乌鸦反哺”的故事？
她们对拯救自己生命的人，
为什么连颗动物鸟禽的心都没有呢？

“关我屁事！”
正当全国各族人民为创建和谐社会而共同奋斗的时候，
出现如此之人，
说出如此之话，
不能不发人深思。
尽管这是极其极其个别的事例，
人们也不应当掉以轻心。

人生有价，价值无限；
屁有价吗？一分钱不值。

看来这位女性是把自己的人生价值和屁的价值混同
在一起了。
“有的人活着，他已经死了；有的人死了，他还活着。”
让我们在此时此刻，
重温一次诗人臧克家在纪念鲁迅先生的诗文中这段
至理名言，
相信都会更加感慨万千！

近日，有关媒体报道了一个真实的故事。故事中被人敬仰的人已经死去，被人愤慨的人依然活着。故事的大体情节是这样的：

7月3日晚，湖南娄底孙水河畔，一位27岁的小伙子邓锦杰，为了营救溺水的一家三口人，奋不顾身跳入河中。当他把三口人救上岸时，自己却因体力不支被湍急的河水吞噬。正当邓锦杰同志生死不明的时候，被救的一家三口人不但不施救，反而默然地选择了离开。围观群众中有人质问他们：“救你们的人还没有上来，你们怎么就走呢？”孰料，其中一位女性竟说：“关我屁事！”然后一家三口开车就走了。

## 中国人好样的

2012年8月12日

她，
中国16岁的泳坛雏鹰叶诗文，

在伦敦奥运会游泳馆崭露头角，
就一飞冲天。
在女子400米个人混合泳决赛中一举夺魁，
并以4分28秒43的优异成绩创造了一项新的
　世界纪录。
整个馆内经久不息的欢呼声响彻云霄，
鲜艳的五星红旗在庄严的中华人民共和国国歌声中
　冉冉升起。
接下去第三天又梅开二度，
在女子200米个人混合泳决赛中再夺金牌，
并以2分07秒57的优异成绩创造了一项新的
　奥运会纪录。

横空出世，威震环宇。
捷报和赞扬声覆盖了伦敦，
飞向中国，
飞向全世界，
世人巨擘不约而同地伸在了中国人的面前。
谁说黄种人不如白种人！
谁说中国人不如外国人！
当年扣在中国人民头上的“东亚病夫”的帽子早就被
　扔到太平洋里去了。
现在的中国是民富国强的中国！

现在的世界是没有中国人的参与好多事情都办不成的世界！
就在叶诗文创造奇迹的几乎同时，
中国另一位泳坛健儿孙杨，
同样在游泳池中两夺金牌，
创造了一项新的世界纪录、一项新的奥运会纪录。
事实雄辩地证明：
外国人能做到的事情，
中国人也一定能做到；
外国人还没有做到的事情，
中国人可能已经做到了。

然而，
在万众欢腾、普天同庆的时候也出现了些许杂音。
某些西方媒体坐不住了，
一阵歇斯底里的质疑声扑面而来，
霎时间笼罩了伦敦上空：
“叶诗文的成绩为什么提升得那么快？”
“在最后50米的冲刺中女人怎么能够超过男人？”
“是不是服用了兴奋剂？”
“莫非基因改变？”……
质疑和诽谤连篇累牍，
危言耸听。

但事实终归事实，污辱人者自污。
欧美澳等游泳发达国家的媒体和许多游泳名将纷纷
　发表声明，
支持叶诗文。
当英国广播公司女主持人布莱尔把质疑直接提向
　澳大利亚游泳名宿索普时，
已把叶诗文的出现看作是“又一个天才产生了”的
　索普立即挺胸而起，
用自己创造游泳世界纪录的亲身经历，
把布莱尔驳斥的下不来台。
然后又郑重地告诫她：
“不能因为一个运动员大幅提高了成绩，
就马上认定是服了兴奋剂，
而仅仅是因为她所来自的国家。”
“飞鱼”迈克尔·费尔普斯的教练鲍勃·鲍曼说：
“在没有任何证据证明叶诗文服用禁药的情况下，
这样的怀疑对于她而言是不公平的。”
美联社指出：
“现在凭借更加科学的训练和选材，
加之海外训练等方法，
中国运动员在奥运会上大放异彩是完全可信的。”
《米兰体育报》资深记者吉纳罗说：
“叶诗文的表现值得尊敬，

对于有些声音，完全无须理会。”
国际泳联发表的严正声明指出：
关于中国游泳小将叶诗文依靠禁药帮助获得混合泳冠军的推测，
“没有事实依据；
我们有一套非常非常强大的检测体系，
如果有人违规是一定会被查出来的；
关于叶诗文，我们没有任何不好的发现。”
在充分事实和支持叶诗文的强大势力压迫下，
最初发出质疑的英国广播公司不得不羞羞答答、含含糊糊地承认，
完全是“酸葡萄心理”在作祟。

清白人，终归清白人。
经过云雾洗礼的阳光更加多彩纷呈、光辉灿烂！
经过一番质疑和反质疑的激烈搏斗后，
人们更加清楚地认识到：
叶诗文，清白的！好样的！
中国人，清白的！好样的！
让那些尚来以傲慢和无事生非混浊于世的某些西方媒体见鬼去吧！
中国各项运动健儿和全体中国人民一道，
继续高举民族复兴的大旗，
更加坚定、更加自觉、更加健康地快速前进！

# 深秋赞街道环卫工人

2012年10月

秋风萧瑟，
树叶枯黄落满地。
街道环卫工起早贪黑，
清扫不及。
“有落叶即清扫，
再落叶再清扫。
街道是城市的脸面，
决不让它有半点儿污渍。”
这就是环卫工的誓言，
这就是环卫工的情操！
然而，
有人天天走在清洁的大道上，
却对他（她）们视而不见，
甚至对他（她）们有所鄙视。
试问：
如果没有他（她）们，
城市将是个什么样子？

# 从草坪警示语的变化看北京市民的文明进步

2012年10月18日

目睹京城诸多绿化草坪，
从建坪那天起，
几乎无不插上几块警示牌。
随着草坪的不断扩大和增多，
警示语也不断丰富和变化。

“严禁踏入草坪”！
这是最初的警示。
不久，
后面又加了“违者罚款”四个字，
甚者还清清楚楚地写明了罚款多少元。
对此，
行人和游者普遍理解。
绝大多数人，
都能够按照警示语的提示，
自觉地约束自己；
但心中总有一种不太舒服的滋味，
以致临近草坪时刚刚萌生的那点儿心旷神怡的感觉，

顿时又消失了。
更令人不快的是，
泱泱京城也不乏“不怕罚”的人。
他们对警示语熟视无睹，
不管警示语多么严厉和刺耳，
依然我行我素。

后来，
警示语改为“芳草茵茵，踏之何忍?”
行人心中舒服了不少，
游园兴趣立马浓厚了许多。
并自觉提醒自己不要踏进草坪中。
那种“不怕罚”的人也基本上看不到了。

再后来，
警示语进一步改进，
改为“绕行三五步，留得草坪绿”；
“小草微微笑，请你把路绕”……
甚至连警示牌也从“警示”改称为“温馨提示”
这时，
行人和游客似乎真的看到了小草在微微发笑，
于是自己也笑了。
只有这时，

行人和游客才真正进入了“津津芳馨盈肺腑，欣欣
　陶醉暖人心”的理想意境之中，
和小草融为一体，
尽享天伦之乐。

“见微知著”，
这是丰富汉语中的一个成语。
我们不妨把它借用到这里，
仔细想一想，
是何其得体！
不是吗？
今天北京市民的文明素质，
确实是在不知不觉中默默地提高着。
毫无疑问，
明天又会出现新的进步。

## 实力与真理的问答

2013年1月25日

实力，
真理，
两个沉重而深奥的字眼儿，

时而把某些人搞得晕头转向。
国家存亡，
比的是实力；
永葆青春，
靠的是真理。
实力，
有时会压倒真理，
尽管是暂时的，
却不时显现。
真理，
在前进中会出现波折，
但最后胜利一定属于它，
决不以某些人的意志为转移。
世界风云多变幻，
照此去理解，
便不觉得稀奇。
君若问我：
相信实力，
还是相信真理？
我会毫不迟疑地回答：
既相信实力，
也相信真理；
两者比较，

更注重的是真理。

因为，

坚持真理，

没有实力可以增强实力；

从某种意义上说，

坚持真理就代表实力。

既如此，

实力是否无所谓？

傻瓜才会自已欺自已。

真理何时得胜利？

条件成熟了，

还要抢时机。

真理等不来，

而且等不起；

要靠广大人民群众尤其是英杰，

团结奋斗，

不懈努力！

## 中国梦

2013年7月5日

梦，

美丽的中国梦。

认识她，
目标已经锁定，
道路已经开通，
坚定不移走下去：
国家富强，
民族振兴，
人民幸福。

梦，
美丽的中国梦。
为了她，
多少仁人志士，
抛头颅，
洒热血，
前仆后继永不辍：
顽强斗争，
奋力拼搏，
探索定夺。

梦，
美丽的中国梦。
共圆她，
全国人民齐奋起，

改革创新增活力，
夯实基础筑牢堤：
齐心协力，
气壮山河，
脚踏实地。

## 国　　旗

2013 年 10 月 28 日

您
锁定目标
指引方向
每当您在雄壮的国歌声中冉冉升起
就像太阳的晨曦把人们的心房照得通红透亮
您引导全党全国各族人民
沿着中国特色社会主义的康庄大道
披荆斩棘
奋勇前进
奔向共产主义的远方

您
生机勃勃

充满力量
先以无数先烈的热血铸就自己
又把全体中华儿女的智慧和力量凝聚在一起
您引导全党全国各族人民
齐心共圆美丽的中国梦
披坚执锐
势不可当
从一个胜利走上另一个更大的胜利

您
铮铮铁骨
一身正气
您是枪林弹雨中巍然屹立的丰碑
您是狂风暴雨中翱翔高空的雄鹰
敌友分明是您的鲜明立场
创造和谐将陪伴您到永恒
全国各族人民无限敬仰您
西方敌对势力十分惧怕您
您的资质愈演愈红
高贵品格万古常青

# 多么想回家

2013年11月10日

老家
长时间日夜思念它
只在梦中经常看到它
尽管它的面貌已经发生了翻天覆地的变化
但在梦中却依然是我小时候的它
忆当年
全村不到二百户
几乎家家穷困潦倒　看不到半点生机
逃荒和极贫者竟有数十家
看今朝
全村已逾四百户
家家丰衣足食　处处人欢马嘶
年收入达到二十万元可以说是了不起了吧
但在我们村这只能算作平常之家
过去
家家住的是破漏茅草房
房基有几层砖和房脊房檐有几片瓦
就算得上是富裕之家了
而今

已有多家住进了二三层高的宽敞楼房
其富丽堂皇的程度几乎可以和城市的别墅相媲美
还有多家正在筹建和规划中
至于说医疗诊所　养老院　文体活动场所……
早已不在话下
过去
十里八村突然出了一个中学生
就有相当大的轰动效应
而今
我们一个村就有数十个大学生　研究生
只在我家孙子辈已有4个
啊　老家
过去的它　满目萧条　我不愿意回忆
今天的它　阳光灿烂　日子越过越红火　就像一块巨大的磁铁强力
吸引着我
它已经成为我在同事中炫耀骄傲的资本
它让我想起更多的父老乡亲
不管他们已经漂流何方
只要在有生之年回家看一眼
就不愧为一个生我养我的老家人
老家人　老家人
千言万语汇成一句话
多么想回家

# 霸主的脸谱

2013年11月23日

你必须学习他，
但绝不允许超过他。
他叫你向西，
你绝不能向东。
他按标准要求你，
但标准是他定的，
没有你的发言权。
他的标准不许变，
又能随时变，
这要由他说了算。
他可以把黄的说成青的，
也可以把青的说成黄的；
而你，
只能是他说什么就是什么，
不服就以武力乃至颠覆相见。
因为他认为
只有他才能叱喝天下。

## 恶有恶报

2013年12月20日

跳蚤之躯
臭虫之誉
豺狼心
豹子胆
反骨不长记性
不知天高地厚

修宪强军
一意孤行
拉狐朋
拜恶鬼
不断滋事挑衅
军国野心放荡

外失友朋
舟中敌国
孤零零
疯癫癫
重蹈覆车之辙
东条英机下场

## 肥皂和蜡烛

2014年1月4日

肥皂和蜡烛，
宛如亲兄弟。
它们都从不炫耀自己，
但它们的心灵，
却是人世间最美丽的。
蜡烛不断燃烧自己，
是为了照亮别人；
肥皂不断牺牲自己，
是为了擦净别人身上的污渍。
它们，
具有同样高贵的品质，
拥有同等伟大的价值。

## 照 相 机

2014年3月17日

人们相信你，
因为你是正义的。

你所反映的情况，
无可非议是真实的。
人们怀疑你，
因为你所反映的情况，
由于受到视野的限制，
往往是不全面的；
尽管你可以多处反映、多次补充，
但人们有时还是不太满意。
用哲学的话来说，
你所反映的情况，
从微观角度看，
具有真实性；
从宏观角度看，
既有真实性的一面，
又有片面性的一面。
如何弘扬真实性、避免片面性？
这不是由你自己决定的。
关键在于使用你的人，
而这又不是你能左右的。

# 宝岛抒怀

2014年5月20日

宝岛，
踏进你的家园，
真实感受到你在960万平方公里的神圣领土上，
的确不算大
仅仅几天的旅游时间，
游趣方兴未艾，
就已经绕你转了一个大圈。
然而，
你在全国13亿多兄弟姐妹的心目中，
却是很大很大。
老祖宗传下来的共同血脉里，
永远少不了你；
实现中华民族的伟大复兴，
决不能离开你，
更不能丢下你。

过去，
在漫长的历史岁月中，

你所遭受的民族灾难，
比我们兄弟姐妹中的任一个都多、都重。
但在封建落后的旧中国，
面对列强对你的侵略和蹂躏，
自身并不强大的兄弟姐妹，
没有能力彻底解救你。
而今，
我们整个中华民族，
已经昂然屹立于世界民族之林，
我们的综合国力越来越强大，
我们的朋友越来越多，
这一点甚至连我们的敌人也不得不承认了。
现在国际上许多重大的事情，
如果没有我们中国人的参与，
就做不成。
正是，
阳光雨露惠全球，
乾坤运转我支撑，
五洲四海伸巨擘，
光宗耀祖好前程。

令人不可思议的是，
就在这个时候，

又有人走上了不轨之路。
他们内外勾结，
狼狈为奸，
妄图易帜更幡，
挟你当外夷。
他们或许没有想到，
或许至今还执迷不悟，
已经站起来的伟大中国人民，
还会容忍下去吗？
不会！
绝对不会！
今天的中国，
已不是昨天的中国！
今天的中国人民，
更不是昨天的中国人民！
中国人不惹事，
更不怕事，
老祖宗留下来的土地一寸也不能丢，
更何况是拥有2800多万骨肉同胞。
让我们充满期望的是，
在一个中国的原则下，
两岸人民紧密团结起来，
更加无敌于天下。

让那些野心勃勃的侵略者和不轨之徒见鬼去吧！
人间正道是沧桑，
胜利一定属于正义的全中国人民！

## 脊　　梁

2015年1月15日

脊梁，
脊梁是什么？
脊梁是健身符，
脊梁是擎天柱；
脊梁是骨气，
脊梁是力量。
国家富强，
民族振兴，
人民幸福，
离不开它；
人生世代
不能没有它。
没有它
人生就要瘫痪，
国家就会灭亡，

整个民族亦将走向萎缩。
可见，
脊梁的分量有多重，
人生为什么离不开它！
不要藐视它，
不要愧对它，
更不要伤害它。
培育脊梁是国家和民族的要务，
爱护脊梁是全国各族人民的天职。
今天的中国人，
人人都可做脊梁，
个个奋争做脊梁；
齐心共圆中国梦，
挺起腰杆做脊梁。

## 憧　　憬

2015年春节

憧憬是什么？
是美好的向往，
是远大的理想；
是奋斗的目标，

是前进的方向；
是丰富的实践，
是伟大的力量……

憧憬在哪里？
在岁月的遥远，
在起步的眼前；
在征程的巅峰，
在攀登的脚下；
在追求的终点，
在丰收的路上……

憧憬人人都有。
有人清晰，
有人模糊；
有人自觉追求、奋斗不息，
有人视而不见、听天由命。
奋斗者，一生光辉灿烂；
由命者，只当人间白痴。

# 马　　路

2015 年 5 月 1 日

马路，
马路，
人踩车压，
我行我素。
不因踩在脚下而不为，
不为身负重压而泣哭。
心中铭记一句话：
老老实实为人民服务。
人们常问我：
有什么需要？
我只要求您：
步我有序。
君常见：
有人鲜血溅我身，
有人生命葬我腹。
这是我很不愿意看到的，
更是不愿接受的，
但又不是我能改变的。

因此我再要求您：
重在觉悟！

## 爬　　坡

2015年5月6日

人生一世，
爬坡始终。
爬坡是奋斗：
　　道高一尺，魔高一丈；
　　奋斗不息，爬坡不止。
爬坡是进步：
　　登高眺远，直攀顶峰；
　　继往开来，推陈出新。
爬坡是幸福：
　　苦尽甘来，延年益寿；
　　才誉双收，千古流芳。
人生需要爬坡，
人生必须爬坡，
人生就是爬坡。
不畏艰险拼登攀，
狭路相逢勇者胜。

这就是人生的价值，
这就是人生的意义。

## 学党史

2017年6月

学党史，
忆历程，
激情盈怀祭英灵。
地覆天翻改旧制，
前仆后继献终生。

学党史，
跨征程，
豪情壮志油然生。
催君奋进展宏图，
民富国强民族兴。

学党史，
瞻前程，
雄鸡报晓颂天明。
乾坤运转循规律，
共产主义定盘星。

## 盛赞十八大　喜迎十九大

2017年7月

战恶浪震四海五洋捉鳖
驱乌云定乾坤九天揽月
盖华宇歌舞升平红旗展
大中华声威并茂扬天下
紫气东来炎黄子孙频举觞
迎迓春色齐欢悦。

十八大成就意非凡
迎十九大谱新篇
追梦圆撸袖加油干
克艰险奋战不夜天
壮志撼山岳
理想大于天
内功增实力
世任勇承担
祝盛会展宏图意义更深远
随时势刻丰碑频换书丹。

（粗仿京剧《智取威虎山》“打虎上山”选段）